还乡文丛

我的呼愁

朵渔 著

暨南大学出版社
JINAN UNIVERSITY PRESS

中国·广州

图书在版编目(CIP)数据

我的呼愁 / 朵渔著.—广州：暨南大学出版社，2014.3
（还乡文丛/余丛主编）
ISBN 978-7-5668-0913-1

Ⅰ.①我… Ⅱ.①朵… Ⅲ.①随笔—中国—当代 Ⅳ.①I267.1

中国版本图书馆 CIP 数据核字（2014）第 016893 号

出版发行：暨南大学出版社

地　　址：中国广州暨南大学
电　　话：总编室（8620）85221601
营销部（8620）85225284　85228291　85228292（邮购）
传　　真：（8620）85221583（办公室）　85223774（营销部）
邮　　编：510630
网　　址：http://www.jnupress.com　http://press.jnu.edu.cn

策划编辑：杜小陆
责任编辑：杜小陆　王碧凤
责任校对：周明恩　卢凯婷
排　　版：中山市人口手文化传播有限公司
印　　刷：佛山市浩文彩色印刷有限公司

开　　本：850mm×1168mm　1/32
印　　张：7.875
字　　数：152 千
版　　次：2014 年 3 月第 1 版
印　　次：2014 年 3 月第 1 次

定　　价：29.80 元

总　序

苏轼说，此心安处是吾乡。还乡是喜悦的，是恳切的，但也仅仅是一种愿力。

我们捡拾的是内心。如何写？写什么？在此都顺应了内心，那也是精神还乡唯一的去处。

还乡是一个梦，是乡愁，是永无止境的抵达。我们寄望于怀旧、后退，甚至是保守的；我们寄生于乡土、故里，甚至是故步自封的。

不是我们流离失所，而是我们还乡之乡已经沦陷。灵魂向何处安顿，没有精神的还乡，就永远处于流离失所的状态。德国哲学家阿多诺说："对于一个不再有故乡的人来说，写作成为居住之地。"

还乡者在路上，在返程的途中；还乡者是过客、旅人，是不合流俗的边缘人和问津者。在漂泊不定的异乡，还乡是我们的忧伤艺术。对于过去难以释怀，对于现在彷徨四顾，对未来又充满希冀。但是故乡在远方，于我们而言，始终是可望而不可即的。

“还乡文丛”是立意，是重塑，而非局限；是敞开的，融合的，也是繁殖的。哪怕仅仅是文字上的还乡，虽然它无法抵达，但或许能安放我们的心灵。

一方故土，是源头，是离散的地方……却又在等候着还乡者的归来。

余　丛

2013 年 10 月 22 日

目　录

辑　一

3　妈妈，点灯
6　母亲的教诲
12　父亲在杀一只羊
16　他终于输掉了最后一枚硬币
20　一家人在吃饭时讨论的政治话题
23　五个父亲
28　还差五分钱
34　爬　瓜
38　迷　藏
42　抓小偷
45　高音喇叭
47　一坨屎
53　一碗汤
56　阿　德
64　老歌三首

71 记忆练习

辑　二

85 表兄小宝的生与死
88 那一年，我们去河滩看杀人
92 战斗英雄白跑路
96 草原啊月光啊战马
100 五火上树
104 小巷里的第欧根尼
108 雨季来临之前死去
112 牛棚记
116 一头猪，两只羊
120 红旗家的儿女们
124 我们的黄司令
128 枪和爱情
132 在一起，在一起
136 夜晚的疯国王
140 王蝴，你还记得我吗
144 能人今喜

辑　三

151 在社会上

170 亲爱的舅舅你好

185 树袋鸟

200 夕光照影

213 附：“其实你的人生是被设计的”
——朵渔访谈

233 故乡就是我们再也回不去的地方（代后记）

辑一

妈妈，点灯

据说“灯”这种东西已经有三千多年的历史了，《尔雅·释器》：“木豆谓之豆，竹豆谓之豆笾，瓦豆谓之登。”“登”与“镫”通用，古人把“镫”称灯，应是字义的假借。“豆”是一种礼器，用来盛放腌菜、肉酱，多由青铜、陶瓦所制，而陶豆则是目前所能见到的最早的灯具。

在我记忆里，似乎见过类似“陶豆”的东西。像一个扁平的陶碗，上面搭一根棉芯，盛上豆油，一个“灯”的形象就圆满呈现了。但我不记得我们家用过这种陶灯，那时候的灯具通常是自制的。我记忆里的第一盏灯，是用一个短粗的墨水瓶做盛器，里面注满柴油（我们称之为“洋油”），一根棉线做成的灯芯穿过白铁皮做灯柱。这种灯通常是怕风的，为了省油，灯芯拨出来很短，远处看去，真的是“一灯如豆”。后来有了罩子灯，灯体是细腰玻璃的，灯头可以手动调整亮度，灯头上罩一个玻璃罩子，亮度增加不少，也不怕风吹了，但费油，一般人家不舍得用。

小时候，家里有一盏用墨水瓶自制的类似古老“陶豆”的油灯。当时燃油奇缺，因此，只做了这么一盏油灯，而这盏灯也就成了一家人活动的中心。在没有月亮的夜晚，这盏灯首先在堂屋的桌子上亮起。做晚饭时，这盏灯放在厨房的锅沿上。吃晚饭时，这盏灯放在餐桌上。晚饭后，这盏灯就回到母亲的床头。

简单说，这盏灯最常出现的地方，就是母亲的床头。

卧室里两张床，母亲一张，父亲一张。几个孩子分别跟父亲和母亲睡在一起。往往是最小的孩子跟母亲睡，最大的孩子跟父亲挤。晚饭后（通常没有晚饭），母亲从餐桌或厨房把灯端到她的床头桌上，一家人的活动重心也随之转移。那盏灯像灯塔一般，引领孩子们各自归航。等孩子们都睡下，母亲便把油灯吹熄。很少有燃着油灯闲说话的时候，不干活便不点灯，闲说话可以黑灯瞎火地说，不碍事。

通常从半夜开始，陆续有孩子被尿憋醒。“妈妈，点灯。”起夜的孩子首先要把母亲叫醒，只有叫醒母亲，灯才会亮。只有灯亮了，才敢起床下地。母亲通常一叫就醒，然后起身，划燃火柴，将油灯点亮。起夜的孩子光屁股下地，在微弱的灯光下匆匆撒完尿，再匆匆钻回被窝里。有时候孩子撒尿的工夫，母亲已经睡着了，燃着的油灯就那么一直亮着。父亲最看不得这种浪费，会大声叫醒母亲：“熄灯！”母亲再起身，将灯吹熄。

如此点灯吹灯，每个晚上总要有一两次吧。夏夜还好一些，本来夜就短暂，再加上月亮好的夜晚，母亲点灯的次数会少很多。漫漫冬夜最熬人。孩子们早早睡下，早早被尿憋醒。喊完“妈妈，点灯”，却躲在温暖的被窝里不愿意出来。这时候，母亲就要披衣起来，一个个催促。如此一番折腾，母亲早已清醒了，等孩子们爬回被窝，她独自在昏暗的灯光下发会儿呆，看着孩子们一个个重新睡熟，才将灯吹熄。

怎么说呢，小时候从没有体会过母亲的辛苦，只觉得喊一声“妈妈，点灯”，母亲床头的那盏灯就会像被施了咒语的阿拉丁神灯一样，光明瞬间就会到来。至于光明是何时逝去的，从来没费心考虑过，母亲自会安排。在孩子们心目中，母亲是最合格的声控开关，何时向母亲发号施令，母亲都不会让你失望。事实上，由于孩子太多，加之白天劳累，母亲也有睡得很沉的时候，怎么喊也喊不醒。不过，这样的时候在记忆中也没有几回。

有一次，尿急，做梦找厕所，就在准备畅快之时，突然惊醒。连喊了三声“妈妈，点灯”，母亲睡眼蒙胧中应了一声，并没有起身，随后又沉沉睡去。实在憋不住了，便独自下床，出去找厕所。打开房门的一刹那，月光如水般倾泻进来，院子里亮堂堂的。站在一颗刺槐下，对着树干激越地喷洒。有月光的夜晚，乡村愈加显得寂静，连虫鸣都那么幽微。越安静便越觉得可怕，仿佛每一处阴影里都隐藏着幽灵。一边撒尿，一边身上就起了鸡皮疙瘩。就在越想越怕、准备收家伙跑路之时，一回头，窗户上映现出灯影，母亲已把灯点亮。

母亲的教诲

——2011·首届奔腾诗歌奖答谢辞

那一年夏天，我还在村头读小学。有一个很要好的朋友，从东北来，住姥姥家。他比我大一岁，有很丰富的田野生存经验，经常带我干些坏事，比如偷瓜摸枣什么的。我似乎对他有一种情感依赖，一有机会，就要跟他泡在一起。而他总能想出一些好玩的花样，这正是关键所在。

但我们总是不能玩得很尽兴，因为，我有一个弟弟，而他有一个外公。我弟弟才四五岁，很调皮，我的任务是把他看管好。而他的外公已经很老，是最后一个乡村塾师，脾气古怪，对他的外孙看管很严。只有同时躲开这一老一小两个人，我们才能玩得尽兴又开怀。

那天是个周末，还没到夏季，但天已经很热，正是麦熟季节。我们约好去一个河边烧麦穗。这不是什么技术活儿，但两个好伙伴在一起做一个好玩又解馋的游戏，很容易上瘾。我们在河岸边挖了两个洞，搭上木棍，采来麦穗，开始一把一把地烧麦穗吃。吃的过程其实很潦草，主要的乐趣在于烧。他的技术的确了得，不仅火候得当，而且烟雾很少（如果烟雾太大，很容易暴露目标）。我们玩得太尽兴了，根本就忘记了时间。直到带来的火柴都用光了，才一泡尿把火浇灭，拍拍身上的土往家赶。

走出河岸的一瞬间，我觉得整个人都醉了。弯月斜挂，凉风习习，两个肚儿圆圆的伙计，勾肩搭背，踢踢踏踏地走在土路上。当村子里的狗叫声越来越清晰时，我们两个的脚步开始变得踌躇了。“呃，我记得你外公说过让你早点回家，今天要来亲戚。”他一激灵，拍了拍脑门儿，他的脑门上已沾满了烟灰。“我记得你弟弟是跟着你的，他去哪里了？”是啊，中午出门时，弟弟是跟着我的，我们一直走到了十字路口，然后穿过一条胡同，他还在胡同口撒过尿，然后绕过一个大坑，再往前走一百米就是我朋友的家。但是，弟弟，弟弟是在何时不见的呢？胡同口，大坑，大坑！我的汗毛一下子竖起来，拔腿就往家里跑。

推开柴门，家里安静极了，鸡已上树，只有一只狗迎了出来。冷锅冷灶，没有点灯，我隐隐听到父亲在屋里唉声叹气。父亲的叹气声，是我童年的哀乐。我听得实在太多了，以至于对唉声叹气产生了一种生理性障碍。他是个脾气暴躁的父亲，很愿意出力气把家庭搞好，但总是搞不好。他尝试过多种活计，包括贩卖大米，贩卖碗碟，杀猪宰羊，以及赌博。他运气太差了，脑子也不好使，干啥啥不成。但主要还是栽在赌博上，他以为赌博可以迅速挣钱，没想到陷进去就无法自拔。他曾经输光家里的粮，输光河边的树，还输过一头猪。那头猪母亲喂养了两年，她没想到一直是在替别人喂。父亲的赌，伤透了母亲的心，两个人因此经常吵架。每次吵架的结果，就是连续几天冷战，谁也不做饭，谁也不说话。我恨透了赌徒，恨透了赌场，也恨透了争吵不休。每到吃饭的时候，母亲会照例嘱咐我：去叫你爸爸吃饭。我于是就会到固定的几家赌场去叫爸爸。

我小时候不懂得，为什么两个人吵成那个样子，吃饭时还要想着对方。父亲和母亲，就这样争吵了一辈子，相互埋怨了一辈子，但谁也没有离开谁。母亲年轻时身体不好，再加上经常生气，一生气就卧床不起。我不知道母亲得的是什么病，她一病倒，家里就会变得很冷清，父亲也会变得勤快很多。

那天晚上，母亲躺在小床上，她已病倒好几天了。父亲坐在门槛上抽烟，看不清他的表情，烟头亮起的一瞬间，能隐约感觉到他压抑着的怒火。母亲病了，他就不能随心所欲地外出赌博，他还要养活三个孩子和一群羊。有时候我怀疑，母亲是在用自己的病惩罚父亲。但那天晚上，气氛有些不对，父亲既没有去做晚饭，也没有去喂他的羊。他似乎在等着什么，比如一个火星，来把自己引爆。

我回来得恰到好处。迈进家门的一瞬间，父亲就把烟头掐灭了。等我在门口站定，父亲的肺开始爆炸：

“你到哪里去了！让你看你弟弟，你把弟弟看哪里去了?!”

是啊，弟弟到哪里去了？我也疑惑了。

“去找吧，找不到就不要回家!”

弟弟到哪里去了？该到哪里去找他？父亲为什么不去找？母亲为什么不说话？这个家不要我了……想到这里，我的小心肝彻底颤抖了。我被抛弃了。我觉得世界已经不再存在。泪水禁不住开始打转。

“孩子，去院子里抓把土来。”

母亲的声音，很虚弱，但我听到了。

抓把土来，什么意思？我完全不明白母亲的用意，我觉得这就是一个象征，一根救命稻草。只要母亲还让我去做事，我就还属于这个家。

我走到枣树下，象征性地抓了一点土，返身回来。

“把土垫在地上……”母亲说。

母亲让我取土来，是为了将地上的痰迹掩住。但我分明取得太少了，根本掩不上那大片的痰迹。但是没关系！这倒让我一下子兴奋起来，我转过身去，我可以去取更多的土来，我还可以取来铁锨、扫帚和簸箕，为母亲清除这些不洁之物。只要我不被赶出这个家庭，我就还有归属感和幸福感。

在我转身出门的一瞬间，我看见弟弟正睡在他的小床上，父亲的脸在黑暗里，看不清表情……

……

我不知道这个故事对我意味着什么。在我多年的写作经历中，它始终像一个隐喻，搁在我心底。童年的快乐以及忧伤，无可选择的故乡和父亲，以及多年的情感的积压，让我成了一个讲述故事和抒发情感的人。我知道，从一开始写作，我就无法离开那片土地，无法离开那个环境，也无法离开父亲的阴影和母亲的教诲。我离开家乡已经二十多年了，离开父亲的时间更久。在我读初中一年级时，父亲帮我把一张小床搬到了集体宿舍，从此我开始离开他。有一年春节前夕，大雪纷飞，父亲送我去东北，后面跟着我多年的好兄弟。在登上长途汽车的那一瞬间，父亲的背影就彻底模糊了。但这么多年过去了，我却从来没觉得自己离开过母亲。每到艰难的时刻，或委屈或幸福的时辰，母亲总会出现在我面前。向母亲求救，是的，这是我多年的习惯，而这习惯也许就来自那启示命运的一刻。

最近这些年，我又开始经常回家。父亲老了，或者他已不再是个父亲。而母亲还是原来的母亲。她会在该吃饭的时候叫醒我，在我工作累了的时候提醒我，在我不顺利的时候小声跟我说，“不要跟别人争”。不争，是母亲的生活哲学。有就有，没有就没有，穷人的太阳每天也都是新的。母亲从没读过书，她不知道牛顿的苹果，也不知道哥白尼的太阳，她的月亮仍然属于嫦娥，她的历史知识来自乡村戏剧。她不懂得子曰诗云，不知道柏拉图的洞穴，她生活在自己的原始经验里，生活在乡村的日常伦理中，也生活在最本真的人类情怀里。

这些来自生活的教诲，对我的写作有什么样的影响？所有这些教诲，都在提醒着我，写作，是建基于经验之上的，是对经验的发酵和提纯。为此，我对文字的魔力充满戒心，对隐喻的力量充满警惕。我知道隐喻的背后其实有一个深情的现实，而正是那个现实本身留住了我们。有母亲的教诲在前，我在写作上不敢太过轻浮，也不能抛开基本的经验去追求那虚幻迷离的东西。我相信母亲的教诲是对的，因为那是可以共享共通的、最基本的人类经验。

非常感谢奔腾的朋友们将首届奔腾诗歌奖颁发给我。在考虑是否接受这个奖项时，我曾犹豫过，也推辞过，但最终接受了它。因为我知道这个诗歌奖到底肯定了我诗里的哪些品质，比如诗歌的情感源泉，诗歌的基本经验，以及我对诗歌的朴实态度。所有这些品质，正是来自母亲的教诲。

再次感谢。也感谢母亲。

2011 年 6 月

父亲在杀一只羊

你知道如何正确地杀死一只羊吗?

咔嚓一刀，将羊头剁下来。利索倒是利索，但错了。

或者一刀将羊肚皮剖开，将五脏六腑扯将出来……听上去既血腥又粗犷，但还是错的。

正确的做法是：①将羊的四蹄两两捆上，放置在案板上，待宰；②尖刀一把，对准羊脖子的动脉血管，一刀下去，不能偏，偏了就会割断气管或食管，这个后果很严重，待下文详解；③等血放尽，将一只羊蹄割开一个小口，用树枝条捅一下，然后用嘴使劲往里吹气，把死羊吹鼓起来；④从羊腹部切开羊皮，开始剥皮。如此，你才能既可得到干净的羊血、羊肉、羊下水，也可得到一张完整的羊皮。

我爷爷的兄弟就是这么做的。他是十里八乡著名的屠户，宰过猪，杀过牛，对付一只羊对他来说就是一支烟的工夫，小技耳。他的独门绝技是，无论一只羊高矮胖瘦，他只需用手摸摸羊肚皮，就能准确估算出一只活羊可以杀出几斤肉。这一招厉害啊，这也保证了他做了多年的屠宰生意从未亏过。

我的叔叔们也从他那里继承了屠宰手艺，也就是说，他们都能正确地将一只羊杀死，有的干得还非常漂亮，但就是那一摸的绝技，都稍欠火候。

我父亲从小就看过宰羊，耳濡目染，关键时刻也敢下刀。但父亲有父亲的问题。他的问题何在，我小时候并不太懂，只是觉得他有问题。

父亲杀羊时通常需要个帮手，也就是说，需要有个人帮他摁住（当羊待宰时）、扯羊腿（屠宰过程中），兼做发泄的渠道（当他发怒时）。在高手那里，这一切皆可免。

我通常就是那个摁、扯以及发泄怒气的对象。

我拼命地扯着羊的两条右腿（它有左右之分吗?），将它摁倒在案板上。父亲将刀子叼在嘴里，两只手拼命地撕扯着羊皮，遇到撕不动的地方，就用刀尖在皮肉相连处轻轻一划。整张羊皮，已经有一半被撕了下来，还有一半长在羊的身上。但此时，羊依然在叫，还不时地蹬一下后腿。“羊怎么还活着？是不是再给它来一刀?”我小心翼翼地向父亲建议。“你没看到那个窟窿已经很大了吗?!”父亲已经变得异常焦躁。是的，羊脖子上的刀口已经被父亲割得乱七八糟，整个羊头似乎都要被割掉了。要紧的是，不能再割了，必须取下一张完整的羊皮，否则羊皮就不值钱了。我觉得父亲在第一刀就犯了个错误，他一刀捅在了气管上，血沫虽然也嘟嘟地冒出来，但不够流畅；再补一刀又切断了食管，一些很恶心的东西随着血流出来；第三刀下去时，父亲已经没有自信了。一只没有流尽血的羊，不仅暂时死不了，而且剥出来的肉也很难看。父亲继续撕扯着羊皮，他坚信一只没皮的羊肯定就是一头死羊。此时，羊的整个右半身（它有左右之分吗?）已经铺在了案子上，父亲开始撕扯它的左半身。但它依然在叫，很难听。我有些担心。我更担心的是父亲，他已经开始流汗，嘴上的那把刀子也因烦躁而开始滴血。仿佛我稍不注意，他会一刀将我也宰了。

我觉得父亲从一开始就错了。当他怒气冲冲地喊我过来扯羊腿时，他刚在赌场里熬了一夜，状态明显不佳。他又赌输了。母亲跟他吵了一架。再过三天就要过年了，可是家里还没有一点年货。我们那里的习俗，再穷的人家，过年时也要煮一锅羊肉，否则会被人笑话。但是我们已经买不起一只羊了。按父亲的意思，那个年就那样糊涂过去算了。他甚至在最后时刻还到赌场去碰了碰运气。但母亲不同意，她一大早就到爷爷的兄弟那里牵了一只羊来。赊的。先吃了再说，一年到头，总不能让孩子们吃不到一点肉！这是母亲的风格。

这只羊从午后开始杀，一直干到黄昏。父亲的焦躁已经不可遏制，我沉默着，与那只半死的羊一起，承受着父亲的责骂。当最后一只羊腿从羊皮中“脱颖而出”时，父亲明显松了一口气。他站直身子，拍了拍手上的血，说：“好啦，现在终于羊是羊、皮是皮啦。”

一张完整的羊皮，完好无损地铺展在案子上，这代表着一个乡村屠夫的手艺。而一只没皮的羊，倒挂在枣树上，张着嘴，再也发不出声响，就像我对父亲的恩情。多么令人放心！离过年还有三天。

2013 年 8 月 改旧稿

他终于输掉了最后一枚硬币

一开始，你被父亲安排坐在他身后的椅子上。虽然只是四个人的游戏，但周围却站满了人。这是乡间唯一的娱乐，尤其又是在冬天的夜晚。两盏带玻璃罩的煤油灯放在桌子对角线的位置，灯光昏暗，人影憧憧。在游戏进行的过程中，只有参与游戏的四个人偶尔发出声音：“八万！”“四条！”“碰！”周围的人群沉默着，间或窃窃私语。偶有出声议论者，便被严厉制止。只有到了其中一方突然把手中的牌一把推倒，瞬间，围观的人群开始鼎沸，伴着满桌麻将“哗哗”的碰撞声，热闹起来。

唯有在这样的时刻，你才偶尔从瞌睡中清醒一下，抬起头来看看周围的人群。夜越来越深了，围观的人群也在渐渐散去。北风扑打着围在窗棂上的塑料纸，“呼呼”的声音让人愈发觉得寒冷。父亲专注于牌桌，偶尔回过身来，帮你把披在身上的大衣围好。你已经太熟悉眼前的景象，无论牌桌上的争论如何激烈，都无法再吸引你的注意力。但是，在椅子上瞌睡，是难以安稳的。当睡得越来越沉、越来越舒坦时，突然头一歪，身子一斜，差点从椅子上摔下来。这时候，你才揉揉眼睛，往牌桌上投去朦胧的一瞥。父亲有时候表情轻松，跟前堆了一小堆纸币，你猜想，父亲眼下的形势可能不错。但大多数时候，父亲都是黑着脸，隐忍着即将爆发的怒火，手势越来越沉重和犹疑，仿佛手中牌有千斤重。每当这个时候，你都大气不敢出，赶紧闭上眼睛，假装睡着了。

有一段时间，你似乎睡得很沉，仿佛还做了一个梦。你梦见母亲站在厨房的门口，招呼你去叫父亲回家吃饭。母亲身后的大灶上冒着蒸汽，有一刻，那蒸汽又变成了雪花，纷纷扬扬地往锅里飘。你想问母亲锅里到底煮的是什么，刚一开口，身子突然一斜，你差点又从椅子上滑落。

现在，围观的人群都已散尽，夜已经很深了。只剩下四个人围着牌桌激战，还有你。庄家刘柱不时进来拨拨灯芯，查看一下放在牌桌下面瓷碗里的头钱。你不喜欢刘柱，并非因为他有一只恐怖的独眼，另一只眼空空荡荡；而是，每次你和小伙伴们去偷他家那棵探出围墙的枣树的枣子时，都会招来他的一阵恶骂。你觉得这个老光棍讨不到老婆简直是活该，如果他大方一点，也许会有女子看上他。你只是有点疑惑，为何所有的赌场都开在光棍的家里。你几乎跟随父亲光顾过全村所有的赌场，但对刘柱最无好感。

天快亮了吗？透过窗户纸，你看到外面有些微明。你跳下椅子，脚有些麻，差点摔倒。你像个小幽灵一样离开牌桌，没有人注意到你。你轻轻打开房门，沉重的木门吱呀一声，一片朦胧的雪光扑进来。外面下雪了，纷纷扬扬的雪花打在脸上，你不由得激灵了一下。你站在那棵光秃秃的枣树下，解开厚厚的棉裤，掏出家伙，对着落在树干上的雪一通扫射。剩余的几滴，你让它滴落在厚厚的雪地上，歪歪斜斜的，像一张麻将三筒。你想起母亲来。东北的雪下得也很大了吧？自从母亲带着妹妹离开后，你很少想到母亲。大人们说，母亲可能会离开父亲，不再回来了。你将信将疑。有时候会认真地想一想，但想不出个结果来。你搞不懂大人们的心思。母亲在家的时候，会和父亲天天争吵，有时候两个人还会动手打架。你知道多半是因为父亲赌博。你恨父亲，但你更恨争吵，以及争吵后家里怪异的气氛和冷锅冷灶。母亲离开后，家里一下子清静了。白天的时候，你和伙伴们在外面疯玩，饿了就去奶奶家吃口饭。晚上最难熬。有时候父亲陪你睡下后，自己再偷偷出去赌牌。你最怕一个人在夜里醒来，你觉得周围充满了各种幽灵。你想象力发达，胆子又太小。实在怕得受不了时，你会哭着去赌场找父亲。后来，父亲干脆把你带在身边。

重新回到牌桌，一圈牌刚刚打完，父亲正笑逐颜开。父亲笑的时候很难看，因为他平时难得一笑，微笑肌常常是僵的。趁父亲高兴的时刻，你告诉父亲，你困了，想睡觉。父亲从角落里又找来一张椅子，两张椅子拼在一起，给你搭了一张小床。你裹着父亲的大衣躺下。头顶是哗哗响的牌桌，四周是不停抖动的腿，你觉得很新奇，睡意渐消。一抬手，你碰到了那个白瓷碗，里面盛着些毛票和硬币。谁赢了就往里面投点钱，作为庄家的头钱，那些钱天亮之后就归刘柱了。你突然心生一种恶意，悄悄伸出手去，从瓷碗里摸出一枚硬币。从硬币的大小判断，应该是5分钱。嗯，天亮后，刘柱少了5分钱。恶意很快变做了快意。你再次伸出手去，又摸出一枚2分的硬币。你把它们装进衣兜里。现在，你有7分钱了。你悄悄看了看四周，除了八只腿，没有人注意你在牌桌下的把戏。你一枚一枚地往外拿，只拿硬币，不拿纸币。你认为，纸币是大人们用的，你还是个孩子，孩子只能拥有硬币。

父亲叫醒你时，你发现自己正躺在刘柱的小床上，身上盖着他的脏被子。不过，被窝很暖和，你甚至有些不愿意起来。天亮了，该回家了。父亲拖着你走在雪地上，大雪已经停了，厚厚的积雪踩上去咯吱咯吱响。一夜激战之后，父亲的两眼充满了血丝，脸色愈发阴暗。父亲大概又输了——你突然想起那些硬币，手伸进衣兜里，空空的，所有的硬币都不翼而飞。

一家人在吃饭时讨论的政治话题

这个夏天热得有点出奇。我记忆中最热的那个夏天，也没有这个夏天热。那时候还根本没有电风扇，只有蒲扇和村头的小河。现在有了电风扇，但小河却没了。什么时候没的呢？父亲也说不清，只记得那条小河每年都缩小一点，直到最后被彻底填平。

我愿意跟父亲在饭桌上回忆一些小时候的事情，这让我每次回乡都觉得温暖和伤感。但父亲似乎对这些乡村事物不感兴趣，他感兴趣的是政治话题。准确地说他并不懂政治，他的所有政治都来自早年记忆和新闻联播。但他就是感兴趣。每次在饭桌上无论聊起什么话题，他都会将话题扯到政治上去。

“那时候河水很清，我记得我还在里面摸过河蚌。”

“还有鱼，”弟弟附和我，“是那种很细的银鱼。”

母亲帮我们补充了关于河蚌和鱼的记忆。有一次我和弟弟摸了好多河蚌，母亲将蚌肉剥出来，裹上面粉和蛋清，一家人美美地吃了一顿。

“那时候穷，连毛主席都不吃红烧肉了。”父亲将话题一转。

父亲一说话，我们通常就闭嘴，不再接着说下去。

“那时候虽然穷，但没有歪门邪道啊，干部一个比一个清廉，一个县才有一辆吉普车。哪像现在，连村干部都贪污。”

“那时候真是穷啊，连饭都吃不饱。”母亲将话题扯回到起点。

“那时候虽然穷，但大家都穷，哪像现在……”

“还是有饭吃好。”

“知道为什么没饭吃吗？就因为跟苏联闹翻，支援国家建设，所以……”

关于挨饿与国际政治的逻辑关系，事实上父亲也说不清，他依稀记得当时的报纸上是这么说的，但说起来又有点底气不足。

母亲从来不关心这些，她只关心家里还有没有吃的，孩子们能不能吃饱肚子。父亲一直讥笑母亲落后，不懂政治，文盲。母亲也不跟他争论。

“那条河即使留下来，也可能被污染了。”我关心那条河，实在是因为那里承载了我太多的童年记忆。那是一条流经村头的人工河，河水清清，水草披拂，两岸的斜坡上长满苇草。在贫瘠的乡村，那里似乎是唯一的天堂。

“挖那条河的时候，正是三年困难时期，很多人饿得都浮肿了，可是还在工地上不回去，那时候干部也没吃的，也不搞特殊化。”

在父亲讨论的所有政治话题里，有两个关键句式，一个是“大家都……”，另一个是“连干部也……”。只要是“大家都”的事情，在他看来就是合理的；而如果“连干部也”，那就不仅合理而且完全正确了。这么多年来，父亲似乎一直都生活在“大家都”的幻觉里，“大家都”意味着平等，哪怕是穷，大家一起穷就好；“连干部也”实在是父亲高看了干部一眼。而眼下，最让父亲不能接受的，就是干部们再也不“也”了。

“现在，连村干部都贪得不得了，不知道中央知不知道这个情况。”

“你不用关心那些，你把你的地种好就行了。”弟弟说。弟弟一直不敢反驳父亲，通常情况下，他沉默以对，但有我在的时候，他会壮着胆子反驳几句。

“你就是不关心政治，”父亲说，“肯定没出息。种地，不关心国家政策，能行吗？去年种蒜赚了那么多，今年怎么赔了？”

“怎么赔了？”

“还不是有些人不按国家政策办事，胡来……”

说完“胡来”，父亲轻轻把碗放下，抬起头来，目光放得越来越远。我知道他又回到了他的乌托邦，那里温暖、安全，可以屏蔽眼下的一切。但这个夏天的炎热却无法屏蔽，即使电风扇一直不停地转。新房子已经落成，父亲计划着把空调赶紧装上。现在的乡村，大家都开始安装空调了，连干部也不例外。

五个父亲

很奇怪，我们与父亲的交流不多，与父亲的情感维系往往也只是一个场景、一种气味、一个细小的动作或一个表情、一张脸孔、一句话，但我们却写出了很多献给父亲的诗作，而且都那么优秀。“十一月的麦地里我读着我父亲 / 我读着他的头发 / 他领带的颜色，他的裤线 / 还有他的蹄子，被鞋带绊着 / 一边溜着冰，一边拉着小提琴 / 阴囊紧缩，颈子因过度的理解伸向天空 / 我读到我父亲是一匹眼睛大大的马。”（多多《我读着》）从才情的方向看，多多就是他那代诗人里的天才，他的沉痛与高贵使一个父亲显得独立、威严，堪称严肃性的典范。“父亲和我 / 我们并肩走着 / 秋雨稍歇 / 和前一阵雨 / 像隔了多年时光。”（吕德安《父亲和我》）这首诗所具备的经典性让人无可挑剔。他的诗从不用力，也从不懈怠，像怀着感恩的散步一样，姿态迷人。“作为父亲　您带回面包和盐 / 黑色长桌　您居中而坐 / 那是属于皇帝教授和社论的位置 / 儿子们拴在两旁　不是谈判者 / 而是金纽扣　使您闪闪发光 / 您从那儿抚摸我们　目光充满慈爱 / 像一只胃　温柔而持久。”（于坚《感谢父亲》）我刚看到苏童的一篇文章，说他读了于坚的《舅舅》一诗，感动得要流泪。能感动黑暗中最普通的读者，一直是于坚的追求，他做到了，依靠的是最基本的人类情感、最细微的体察、最直接的表达。他能准确地拨动人的心弦，他的激动使我们激动，他的感恩使我们感恩。

九五年夏至那天爸爸在天上看我
老方说他在为我担心
爸爸，我无法看见你的目光
但能回想起你的预言
现在已经是九七年了，爸爸
夏至已经过去，天气也已转凉
你担心的灾难已经来过了，起了作用
我因为爱而不能回避，爸爸，就像你
为了爱我从死亡的沉默中苏醒，并借助于通灵的老方
我因为爱被杀身死，变成一具行尸走肉
再也回不到九五年的夏至了——那充满希望的日子
爸爸，只有你知道，我希望的不过一场灾难
这会儿我仿佛看见了你的目光，像冻结的雨
爸爸，你在哀悼我吗？

（韩东《爸爸在天上看我》）

这首诗需整首引用，因为你无法将它从某一个地方断开。诗人在写作时，根本没有喘息，没有停顿，一气呵成，这种急促的表达使整首诗积聚了充沛的情感。有一次我拿起来朗读它，读得感动，觉得就像是我写的。这应该是诗人中后期最重要的作品。

在我的笔记本上，还抄了两首写父亲的译作，但忘记作者是谁了。其中一首写道："几年以前，有一次，我走在父亲身旁 / 穿过一些被风吹落的梨子。我记不起 / 我们说过的话。也许只是默默地散步。但 / 我依然能看见他弯腰的样子——左手撑着 / 膝盖，咯吱作响——把一只腐烂的梨 / 捡起来拿到我跟前。一只大黄蜂在里面。"就是那一个简单的动作——弯腰捡梨——一下子把我打动了，即使整首诗技术粗糙，即使它什么也没说，我依然觉得它优秀。另一首是这样的："祝福我，父亲，因为我犯了罪。/ 我撒过一次谎，有一次我不听话。/ 还有，父亲，一个男孩摸过我。""告诉我，孩子，这抚摸下流吗？/ 比如，他摸你的乳房了吗？""他轻轻拂了我一下，父亲，非常轻。"这首诗很奇异，将一种关系表达得暧昧而又温情。我从没有在中国的女诗人里读到过这样的作品。

相比于以上这些优秀之作，我几年前写的这首《日全食》不值一提。我只是被记忆引导着，在孤独中表达另一种来自童年的孤独，每当我闭上眼睛，某种气味、某段音乐、某种情愫就会在刹那间将我带回童年的老宅、麦地、场院。父亲年轻时力大无比，但也仅仅只能将我们兄弟粗糙地养大。他什么都干过，就是挣不到钱，挣到的一点钱，都被他赌博输掉了。他好事干透，坏事干绝，情感粗糙，方法简单，但他依然是个父亲。我们从来不曾交流。我对他充满同情、怨恨、感恩、嘲弄等等相互矛盾的感情，直到他步入老年，我觉得我变成了他的父亲。再没什么好埋怨的了，多年的积怨变成了一种记忆的诗学。《日全食》来自一个场景的记忆：我积弱多病，拖着身子来到院子里，此时日全食已接近尾声，刺眼的光线投射下来，在忧郁的开满槐花的大树下……此时我看到父亲，挥汗如雨，往田里运肥。我不知道要表达什么，我可能什么也没有表达，但写出来后，我很满足，觉得是对父亲的一个交代。

几乎所有献给父亲的诗作，都符合一种记忆诗学的艺术法则：重新回到童年，使童年成为情感的核心。“童年是存在的深井”，它是一种心灵状态，一个场景，一个动作，一句话，都会让人惊讶。以前和它们在一起时，从来不曾听清它们的声音，现在在记忆中，被梦想引导着，诗人开始宁静地倾听它，并使它重新变得清晰，更加清晰。

附：

日全食

医生走后，我决定爬起来
多日以来的肠炎，让我虚弱不堪
庭院清凉，穿过槐花的光线

像一阵小雨落下
一群鸡雏在柴草间追逐
几乎全部的家畜都出门了
只有我父亲，赤裸着上身
在院子里挖土，一趟趟地
往田里运肥
汗水掉到粪堆里，焦躁挂在嘴角
和他面对，真是一种罪过。
他不行了，白发覆盖了他，
不再似当年连夜往安徽贩大米，
把发情的小母牛按倒在田埂上。
他将铁锹扔向井台
拉开了栅栏门，在他身后
是一大片的田野和极少数的鸟群
整个村庄都保持着沉默
只有很小的阴影跟着他
那是谁投下的目光呢？
我抬头望天
一轮黑太阳，清脆、锋利，
逼迫我流下泪水

还差五分钱

从供销社出来时，天已过午。暮春的阳光透过鲜嫩的树叶，照在身上，已经感觉有些燥热了。你在那里待的时间太长了，以至于供销社的女售货员开始有些不耐烦。

“小孩，要是钱不够就下次再来买，你该回家吃饭了。”

“是不太够。就怕下次再来时会被人买走。”

“不会的，买书的人很少。我敢说再过一个月也不会有人来买。”

“我不会等一个月的。”

“那我给你留着，等你钱够了再来买。先回家吧。”

你有些不舍地离开了供销社。那家供销社还是当年人民公社的产物，一排灰砖平房，但比普通的民居都要高大、气派。供销社门口的两边刷着毛主席语录：“团结紧张，严肃活泼。”你觉得很有趣，这些词语难道不是互相矛盾的吗？高高的房檐上也是大红的美术字体标语，“抓革命，促生产”，“枪杆子里面出政权”，铿锵有力。供销社是全公社人民的杂货铺，一切日用品，小到针头线脑、油盐酱醋，大到自行车、收音机（不可能更大了），一应俱全。你曾随母亲来这里扯过几尺布，那是在你上学之前，母亲要给你做件新衣。你的第一支钢笔也是在这里买的，父亲挑选了半天，买了一支最便宜的给你。供销社最吸引你的地方，是那个处在角落里的图书柜台。柜台后面的货架上摆着一些小说、农技、领袖著作，大多是滞销品，落满了灰尘。你最感兴趣的是那几排摆放整齐的小人书，有手绘版的《三国演义》、《西游记》，也有影印的最新电影故事。每次来供销社，你都会在图书柜台前流连半天。货架隔着柜台，要想把那些书拿到手里翻一翻，需要招呼售货员过来，而售货员多半是不耐烦的。有几次，你鼓足勇气，让售货员帮你把小人书取过来，你刚翻了几页，就被要了回去。“不买就别翻了，翻坏了卖不出去。”

在那个没有电视、缺少娱乐的年代，小人书是你童年最大的伙伴。你拥有不少破旧不堪的小人书，大多是你用书本、零钱换来的。那年头，小人书在小伙伴们中间的流传方式很有趣，比如说，借阅是需要付出一定代价的，要么你拿一本我拿一本，大家互相交换阅读，这是换阅。换阅需要对等，如果你手里那本我已经看过了，就失去了换阅价值。另外一种方式是有偿阅读。所谓有偿，并非用钱，那时大家都很穷，根本没有零钱用。最普遍的硬通货是作业纸，也就是从作业本上撕下的空白纸。往往三四张作业纸就可以看一本小人书。这种借阅方式是限时的，比如说，必须一节课看完，不能带回家，否则，就会有转租的可能性。

拥有几本时新的小人书，在小伙伴们心目中的地位会陡增，总会有一帮家伙围在你身边，带着讨好的目光，希望能一睹为快。你希望拥有自己的小人书，并非源于这种虚荣，而是你真的对那些故事、人物感兴趣。平原游击队，小英雄雨来，地道战……你对战争故事尤其感兴趣。你用自己的作业本跟小伙伴们兑换了几本小人书，小人书大多已经破烂不堪，不仅封面已荡然无存，内页也是卷着边，残缺不全。你找来厚厚的牛皮纸，给这些小人书重新包上封皮，写上书名，保存在自己的小纸箱里。你幻想有朝一日，可以开一个小人书图书馆。

你第一次走进供销社买小人书，是在一个寒假，刚刚过完年，你拥有了一小笔压岁钱。你在一堆小人书里挑来选去，最终选了一本注音版的《西瓜战》（大概是这么个名字），敌后武工队的队员们将炸弹伪装成西瓜，把前来偷瓜的日本鬼子一个个炸翻天。你伏在供销社的柜台上，看得哈哈傻笑。直到售货员阿姨提醒你“还没交钱呢”，你交钱买了下来。钱不多，只能买一本。

此后，你经常在供销社的图书柜台前流连，看最近有什么新书进来。你很少能拥有零用钱，那时候大家都很穷。你曾试图跟母亲要点钱，母亲知道你要买小人书，拒绝了你。是啊，你连买作业本的钱都不够，怎么还能去买小人书呢？太奢侈了。你打消了跟家长要钱的念头。不过，一次偶然的机会，让你终于有机会拥有了自己的小人书。

那次你和弟弟在奶奶家玩耍。偶然间，看到奶奶家窗台上放着一个小盒子，里面是些一角两角的零钱和硬币。说是零钱，事实上也许是爷爷奶奶的所有积蓄。那个时候，他们几乎没有任何的进项。土地是公家的，牲口是公家的，收成是公家的。除了爷爷捡点破烂去卖，或奶奶不时卖几个鸡蛋，才会积攒点零用钱。而一个鸡蛋几分钱，要攒一两元钱其实不容易。看到那些零钞，你突然就跟供销社的那些小人书联系起来。一毛钱就可以买一本！如果薄一些的，也许八分钱就够了！你的心狂跳着。里面的零钞虽然不多，但拿一张出来，也许根本就看不出来。可是，这毕竟是偷啊。“偷”这个词本身所带有的强烈的道德感，让你把手缩了回来。只干这一次，就一次！你快速地把一毛钱塞进裤兜里。

第一次，你买了一本绘本《西游记》，经典的“三打白骨精”。这段故事你已烂熟于心，但再看一遍仍兴趣不减。从供销社出来，你感觉天都是蓝的，油墨都是香的。从供销社走回村里，有四里路。你一边走一边捧着看，如此走走停停，走到家，一本小人书也就看完了。

“偷”是一种惯性非常强的行为。你不愿意用“偷”这个词。你用“拿”。后来，你又陆续拿过几次，每次都不超过两角。你觉得爷爷奶奶也许是允许你拿的，因为他们一直把钱盒放在窗台上，仿佛一直没有发觉钱少了似的。有一次，趁奶奶不在家，你又去窗台上找那个纸盒，发现它不在了，也许是有意藏了起来。你感觉脸上阵阵发烫，一个声音在内心不停地责备你：你知道你在干什么吗？小偷！你是在偷东西！可是，供销社的小人书又进了新品种，你决定再干最后一次，你发誓，最后一次！

你最终在门框的上方找到了那个纸盒，从里面“拿”了两个五分的硬币。

从供销社出来后，你有点沮丧。那本新出的《与魔鬼打交道的人》，你最终没有买下来。钱不够，还差五分。你一路琢磨着，如何才能搞到五分钱。不能再去奶奶家拿了，那样不好，你已经很过分了。但是，不那样又能怎么办？也许可以最后再干一次……但是，你已经有好几次“最后”了。

一路想着，在官道上磨磨蹭蹭地往家走。半路走累了，便躺在路旁的沟沿上，翻看随身带来的小人书，不知不觉睡着了。一觉醒来，蚂蚁爬遍了全身，脸晒得有点痛，太阳已经摇摇欲坠。

走到村口时，遇到了爷爷。他坐在村头的小桥上，似乎在等什么人。

“你干什么去了？”爷爷问你。

“去供销社了。”

“去供销社买什么？”

“买书……”

“买到了吗？”

“没。”

“咋没买哩？”

“钱不够。”

“还差多少？”

“五分。”

“差五分？爷爷给你。”爷爷掀开上衣襟，摸出五分钱来，递给你。

你接过。五分钱，是温的。

“以后不要再去家里拿了，需要钱，跟爷爷要。”爷爷的口气里，分明什么都知道了。

爷爷也是说的“拿”。你低头听着，两颊像着了火。

爬　瓜

太阳落山了，黄昏的云依然在氤氲聚合。我们陆续来到了接头地点——官道西侧的小桥下。老大勇力向大家布置了任务和注意事项：三人爬，一人放哨，一人接应。不许出声，不许笑，更不许放屁。因为一有人放屁，就会引来笑声，屁是源头，有屁快放。

这是今夏的第二次爬瓜行动。第一次因瓜未熟蒂未落，行动早了，爬来的几个瓜一点也不甜，没人吃。行动很失败，主要是没耐心，没耐心啊兄弟们。

爬瓜的意思，就是偷瓜。但我们不说偷瓜，偷，太难听了。偷瓜，能算偷吗？瓜田李下的事，充其量只是童年的一项充满刺激的游戏。爬瓜，没有道德压力，主要是形象。顺着夏季繁茂的庄稼地的垄沟，一路贴着地皮爬过去，趁着看瓜人睡熟后，连滚带爬进入瓜田……整个行动，都充满了爬的元素。

在我们家乡，种瓜的人家不多，一来瓜不能当粮食，种瓜有败家之嫌；二来等瓜熟时节，还得守在瓜田里，以防我们这些小贼。

我们这次行动的目标，是罗锅文勋的瓜田。罗锅是个光棍，反正睡在家里睡在田里都一样。与其在家里苦熬，不如干脆在田里支张床，天大地大，还有小鬼为伴。所以每年他都会种一片甜瓜。但据勇力侦查，罗锅并不是每个晚上都老老实实守在瓜田里，有时候他会半夜悄悄潜回村里，然后提着几个瓜，偷偷敲开某个寡妇的房门。

分给我的任务是放哨。我有些不太乐意，觉得这是对我的轻视。爬瓜的要领我都懂，无非是把上衣塞进腰带里，然后往瓜田里轻轻滚过去，感到身下一硌，顺手一摸，便是瓜了。凑上去闻一下，有香味的，摘下放进上衣里。太嫩的不摘，这是规矩。

勇力看出了我的心思，在我肩头轻轻拍了两下，使我感受到一种力量和信任。“革命工作，不分贵贱，放哨尤其重要。没看过电影里的侦察兵吗，你就是我们的侦察兵，胆要大，心要细，只有你能担此任，搁其他人，哥不放心！”

首先要爬过一片玉米田，然后是一片浓密的棉花地，棉花地的边缘便是罗锅的瓜田。过玉米田一切顺利。过棉田时，两座突起的土坟阻挡了小胖的爬行路线。他用气声向老大求救：“老大，怎么办，我不敢爬了！”勇力冲着他骂了一句：“妈拉个叉，没见过红军过草地吗？那点困难算什么，爬！”

小胖拐了个弯，跟我爬到了同一个田垄里。

爬到地头，发现天还没有黑透，我们出发的时间有点不对头。五个人聚到一起，大气不敢出，干巴巴地等着，心扑通扑通地跳。

“老大，我要撒尿。”小文像蚊子一样哼哼着。

“妈拉个叉，就地解决!”

小文像个女孩一样，蹲在棉花地里撒了一泡尿。

罗锅的瓜庵就在一棵梧桐树下，用麦草和塑料布搭成，远远看去像个坟头。看不清人影，只能看到一个烟头一明一灭。又耐心等了半天，明灭的烟头总算不见了。老大吩咐我：“你，穿过这片棉田，占领那片玉米地，靠近敌人。如果可以行动了，就投一块坷垃（小土块）。一旦有敌情，就投两块坷垃。”

哇，越来越像战争片里的桥段了！我带着兴奋的心情，迅速钻进玉米地。地头对着瓜庵，正好可以看清草庵里的情况。罗锅已经躺下了，躺下的罗锅不再像个罗锅。屏住呼吸，仔细听，除了虫鸣，隐约传来断续的鼾声。我从地上捡起一块土坷垃，朝老大的方向投过去。刷刷刷，三个黑影滚进了瓜田里。

我紧张地盯着瓜庵。

“罗锅啊，好兄弟，真是对不起，”我心里说，“虽然我们糟蹋了你的瓜田，但还是希望你不要太伤心，最好一觉睡到天亮。”

瓜庵里突然有了动静，罗锅翻了一个身，重新变成了罗锅。我一紧张，赶紧抓起一块坷垃投出去。就在这时，罗锅醒了，喝了一声：“谁!”

我还没来得及找到第二块坷垃，罗锅已经从瓜庵里走了出来。

“奶奶个熊，谁?!”

三个身影呼啦一下从瓜田里散开来，撒腿就跑。

身后传来罗锅的叫骂。

几个人气喘吁吁惊魂未定地跑回集合地，清点各自衣服里的东西，已丢得所剩无几。我赶紧忙不迭地解释：“都怨我都怨我，怨我没提前准备好两块土坷垃。”

老大没有理会我，伸出食指清点了一下逃回来的兄弟：“一、二、三、四——完了，小文没回来！”

“哥，没事，”小胖说，“小文他有办法。”

迷　藏

我的朋友李红旗写过一首诗，题目叫《吃过晚饭我和女友玩的捉迷藏游戏》。与女友玩“捉迷藏游戏”，这无论如何都有点莫名其妙。但这就是李红旗式的游戏方式，就像他热衷于玩军棋一样（七岁之后，我就基本上摒弃了这种游戏），他对待生活的态度都隐含在里面。两个人的游戏，并且就在自己的房子里，一个人躲进厕所，一个人在家里寻找藏身之地，互相不许厌倦，不许背叛，三分钟藏好，五分钟再找出来，然后“我们都觉得很高兴”。事实上家庭里是不可能有藏身之地的，这个游戏场所规定了游戏的结果：你找到我，我找到你，找来找去并且很高兴。是不是真的很高兴，我们当然不要轻易相信他的话。

没有意外的游戏是无趣的，所有的游戏都是因为无穷的重复而走向终结。“藏得高明一点”，这是游戏双方的共同意愿。但李红旗在这首诗里让游戏出现了意外。“我来到房门口，悄悄 / 把房门打开 / 来到了街上。”游戏的一方采取了一个大胆的举动，将游戏朝“意外”的方向引导，而游戏的另一方则被蒙在鼓里，这也是游戏终结的另一种方式：打破规则。“来到街上”，时间应该是黄昏了，给我们的感觉是：空空荡荡，一个孤独者的背影迅速呈现。诗的结尾是这样几句：

啊，天色已经不早了
我把手插到口袋里
一直往前走
再也没有回去

读到这里，我感觉到一种巨大的恐怖，像一团雾扑面而来。时空界限一下子打开了，一首诗脱离了它的躯壳，在一种出神的方向上延伸。游戏者消失了，隐喻般地摆脱了游戏场所，所去无踪。让我们想象，这个将手插在口袋里的人为何有如此突然的举动？它的合理性在哪里？游戏的另一方将如何收场？接下来的一个夜晚，游戏将如何继续？

我们小时候都玩过捉迷藏游戏吧？月明星稀之夜，几个伙伴相互吆喝着来到大街上、胡同里，分好拨，我藏你找，或我找你藏。孩子们都有一种游戏的天性，而将自己藏起来则是最富刺激性的一种游戏。想想看，一个人在黑暗的角落里将自己掩藏好，想象着这个世界上只有上帝和自己才知道自己身在何处，然后心里一遍遍念叨着：他们找不到我，他们找不到我！当黑暗中突然伸出一只手来抓住自己，我的天啊，那是何等的刺激！

一个藏得太高明的人会失去伙伴，因为寻找者往往缺乏足够的耐心，如果三分钟找不到，他就会放弃游戏。而此时，如果隐藏者一直在游戏里不出来，他就成了天底下最孤独的人。他必须亲自现身，宣告自己的胜利。但此时，游戏已经结束了，胜利变得毫无意义。

我就是那个藏得最高明的人。不记得有多少次，我将自己藏起来，独自享用一个人的黑暗空间，独自倾听一个人紧张的呼吸。直到游戏结束，伙伴们星散了，我才从黑暗里走出来，一个人走在空荡荡的大街上。对于伙伴们来说，这是一场最无聊的游戏，但我很享受。

藏得高明的人，会遇到同样藏得高明的东西。我曾在一间废弃的仓库里踩到过一条蛇，软软的，凉凉的，顺着我的小腿往上爬。我在黑暗里抹了一把汗，一下子魂飞魄散。我还曾藏在一对新婚夫妻的大床下，直到他们一场战役结束，我才偷偷地钻出来。我藏得最妙的一次，是藏在一只巨大的米瓮里，然后听着几只耗子在脚下飞蹿。

这样不是很危险吗？现在想来，儿时的很多游戏都充满了危险性。昨天在电视上还看到，四川的两个小女孩，跟母亲打声招呼“我们出去耍啦”，然后就再也不见了。大概过了半个多月，两个女孩在阁楼上的一个小木箱里被发现了。木箱子密封很好，有那种自己很容易就能合上的搭扣。两个小女孩兴奋地跳进去，相互重叠着将自己藏好。她们一定在窃喜终于将自己藏妥帖了，然后就听到木箱的搭扣啪嗒一声在外面合上了。也就是说，如果她们的伙伴不能找到她们，她们就再也出不去了。玩捉迷藏这种游戏，你永远都不要相信真的会有同伴锲而不舍地寻找你。因为隐藏的快感远远大于寻找，寻找者很容易半途而弃。这就需要隐藏者及时现身，以便游戏能够继续。但那两个女孩，却再也无法现身，她们只能就那样一直藏下去……

我的朋友李红旗将自己藏起来已经很久了，我不知道是否还有人在锲而不舍地寻找他。他是个非常富有游戏精神的人，偶然的意外让他的游戏人生颇富传奇。而我天生也不是一个寻找者，但我还是希望我们能在某个黑暗的角落突然相遇。

抓小偷

“警察抓小偷”是个著名的童年游戏，我们小时候都干过。小偷自是不受欢迎，因此警察只能轮流当。所有的警察扮演者都极为认真，但小偷扮演者们却潦潦草草，为的是早点被抓住，然后翻身做警察。

昨天的黄昏，在我所住的小区里上演了一幕奇特的警察抓小偷戏码。先是一阵“咚咚”的不同寻常的跑动声，然后从远处传来几句吆喝。当时我正坐在阳台上看远处的几只鸽子，时光静谧、缓慢，因此楼下的动静更显得不同寻常。我刚从窗户里探出头去，发现楼下已围满了人群，他们显得莫名地激动、兴奋，又有些令人奇怪的愉悦和自信。没看到警察的影子，但人群激愤，有的手持木棒，有的手持秤砣（估计是附近卖菜的），更多的群众随手抄起地上的砖头朝小花园的月季丛里猛投。小偷大概就藏在那里。他应该是翻墙而入，情急之下藏进了花丛。我看了看，墙上插满了明晃晃的碎玻璃（玻璃真是我们这个世界的常见之物）。小偷大概是被人民群众打急了，才敢于如此冒险翻墙而入的。

事情来得如此突然，如此迅速，起初大概是源于菜市上一声凄厉的喊叫——“抓小偷！”于是被历次运动教育出来的群众马上警觉起来，迅速赶到出事现场，群情激昂，在混乱的人群中迅速分辨着事情的起源和发展方向，并随小偷的行动方向而涌向新的行动现场。他们希望自己从头至尾都能够参与这一场面。群众是不会轻易放过一个手无寸铁的小偷的。也许是被童年游戏培养起来的警察情结在起作用，也许是被电视新闻培养起来的市民意识在起作用，也许是群众这个富有“攻击性”的群体概念本身在起作用，反正一旦暴露在群众的眼皮底下，一个小偷基本就插翅难逃了。每个人都想参与，都在拼命往前挤，尽量靠近那个可怜的小偷。群众是没有危险的，因为群众意味着大多数，而小偷又没有枪、没有刀，已成丧家之犬。痛打落水狗，人人有责。这个时候，群殴一个小偷是天经地义的，打了白打，即使打不着，也要看看其他人是如何殴打一个小偷的。快感不仅来自于参与，也来自于围观。

一个衣衫褴褛、浑身是血的小偷终于被捉了出来，瘫倒在人群中央，从怀里滚落出几个包子。他大概十五六岁，还是个孩子，也许是饿坏了，偷了几个包子，但不幸落入了群众的手里。小偷被捉住了，警察却始终没有出现。人群渐渐散开，因为游戏结束了，谁也不愿意再参与这种悲惨伤心的场面，谁也不愿意独自为一个孩子的流血事件负责。天色暗下来，小偷躺在那里一动没动，一个老大娘提着一袋包子，轻轻地放在他身旁……

在第二天的晚报上，我看到了一则新闻，将此事重新演绎了一番，其中有一句我印象深刻："群众的眼睛是雪亮的……"似曾相识啊。

我想起了去年发生在本市的一个"警察抓小偷"事件。一位年轻的警察发现了两个偷自行车的贼，狂追，小偷情急之下跑到了结冰的河面，警察"奋不顾身地追了上去"，结果两人同时掉进了冰窟……结果，警察同志被追授一等功，场面热烈、感人，而那个小偷，报纸上仅仅称其为"小偷甲"……

高音喇叭

我对高音素来反感。这年头，高音已不多见，因为大多数高音已经合流，汇成了噪音。有一次去火车站接人，邂逅了久违的高音——车站的高音喇叭突然响起：接人的同志请注意，接人的同志请注意，某某已进某站台……

高音就是为了让你注意。一个声音为了让你注意，就必须压倒所有的噪音。高音喇叭具有压倒一切的自身优势，它藏在你头顶的某处，由另一个隐藏更深的幽灵控制着，随时指挥你的行动。因为有一个高音存在，其他的声音就可以被有效地忽视。

希特勒在 1938 年说："少了扩音器，我们就无法征服德国了。"他最了解高音的奥秘。

我最早对高音喇叭的记忆，来自生产队的社员大会。人民公社的早春阳光明媚，和风细吹，播种的季节到了，开会的季节到了。小学校里，社员们已经聚齐，嗡嗡的噪音开始形成。用破桌子搭成的主席台上，安放着一个蒙着红绸布的话筒，此时闲置着，不时发出一阵刺耳的长鸣，等待一个有身份的人出现。这是一个集权的话筒，通过它，将声音扩散开去，将一个嘴巴的一种声音传入无数群众的耳朵，用一个命令式的高音将群众的噪音平息。这声音并不是话筒后面那个人本人的声音，而是一个政权、一个组织、一种决议的不容置疑的声音。他平时并不那样说话。而习惯了通过话筒说话的人，同时也养成了一种独特的说话方式，节奏缓慢、声音洪亮，简直是不必要的高声，中间夹杂着“这个这个”、“那么那么”，一言九鼎，可以慢，但不可以错。小时候，我经常在睡梦中听到高音喇叭的声音，开批斗会、游街示众、动员大会……无论你藏在哪里，高音喇叭都能逮到你，“不让一个漏网，不让一个落后”。那时候，高音喇叭是一个方向，它会告诉你是应该向东还是向西。它也有出错的时候，但从来无人追究。

如今，村上的高音喇叭依然高悬在枝头，但已经改变了音质。已经很少用来开会，已经很少有嘴巴对着它讲话，更多的是一个录音机在自动工作，评剧、豫剧、花鼓戏……只是每到晚上七点，它就习惯性地恢复一点传统。

我从不曾对着一个喇叭歌唱，我自言自语、窃窃私语、交头接耳，或者沉默寡言。我还写字，通过那些无声的字来说话。我讨厌喇叭。我平生开口唱过一次歌，那是一次乡村音乐课考试，我唱的是《故乡》，声音嘶哑、低沉，我正处在变声期。

一坨屎

我平生第一次被学校开除，跟一泡屎有关。

正是夏收季节。麦子收割后，田里一片光秃秃的麦茬。有些麦茬地已被翻耕起来，准备种大豆和玉米。大人们都在田里忙，没有工夫回家照看孩子，因此，农忙季节往往也是孩子们的天堂。那时我正在村头读小学三年级。中午放学后，校园一下子变得空空荡荡。我和小胖没有急着回家。反正回家也没有饭吃，还不如在校园里疯玩一阵。

其实也没有什么好玩的，那个校园我们都太熟悉了，哪里长了一棵草，哪里多了一个老鼠洞，我们都一清二楚。校园连着大队部，准确地说，大队部与小学校共用一个院子。平时，大队部的孙会计天天在办公室守着，他脾气奇臭，我们一般不敢靠近。但现在是夏忙季节，孙会计也下田去了，大队部一片静悄悄。我和小胖趴着大队部的破窗户往里瞧了瞧，只有两个破桌子，几把破椅子和平时开会用的麦克风，没什么新鲜的，我们就放弃了钻进去的念头。大队部门口放着一个拖拉机的车斗。车头开去犁田了，车斗暂时没用。我们围着那个大家伙爬上爬下，足足玩了一个钟头。最后玩累了，两个人躺在车斗里昏昏欲睡。突然，小胖说，我想拉屎。我说，我也想拉。敢不敢拉在车斗里？小胖突然这么一说，我有些犹豫了。

我是个好孩子，认识我的人都这么说。村里的大娘小媳妇都夸我懂事、有礼貌。在夸赞声中长大的孩子，做点坏事挺难的。小胖看我在犹豫，有些鄙夷。“你不拉我拉。”说着就把短裤拉了下来。转眼间，一泡金灿灿的屎就落在了车斗里。此时不拉，想必会被小胖嘲笑终生吧。我也就脱下了裤子。

说实话，在当时的乡村，“屎”这个字眼绝无污秽之感，相反，还给人一种金灿灿的感觉。在化肥还没普及的时代，“屎”与粮食相辅相成，一体两面。经常会看到天不亮就背着粪箕子到处找屎的勤快人。有屎要拉在家里，随意拉野屎被认为是不会过日子。但问题是，将屎拉在拖拉机的车斗里，又该怎么说呢？也许是车斗太好玩了吧，而我们很少有机会能爬上来痛快玩一番。用小胖的话讲，屎拉在上面，就算攻占了这片高地。

现在，两泡屎已呈现在铁皮车厢里，在午后的阳光下青烟袅袅。如此结束这场游戏，难免给人虎头蛇尾之感。游戏的精髓在于解构，而非建构。如何处理这两泡屎，成了游戏成败的关键。就这么回家吗？我和小胖提上裤子，望着空荡荡的校园，难免有些游戏将尽的惆怅之感。突然，我看到上了锁的校长室，灵感顿生。校长室是我们最痛恨的地方，在我们看来，那里就是监狱的预审室，谁要是被校长提溜进校长室里，出来后不鼻青也脸肿。校长叫二耀，是乡村少见的胖子，走起路来像头母猪，裤腰至少三尺三。他平时就眼珠子暴睁，学生见了他都躲着走。我倒从来没有被他揪进过校长室，因为我是好学生。但是，我对他有说不出来的恨。这恨意来自他的趾高气扬。我记得父亲领着我来报名读书时，二耀手一挥，说不收。父亲说，我儿子已经会从一数到十了，甚至可以数到一百，不信你考考他。父亲拍拍我的脑袋，我就开始数。我五岁就能数到一百了，现在我已经七岁了。刚数到十几，二耀就说，别数了，我说不收就不收。为什么不收？父亲有些要急。年龄太小。他已经七岁了！那是虚岁。五岁的都能上，为啥七岁不能上？二耀似乎是在有意跟父亲过不去。我不知道他们之间有何过节，只知道他们两个都爱打牌，曾经是赌友。

反正那一年我没能走进小学校。第二年再去报名，二耀说不出不收的理由，勉强收下了我，把我安排在教室最后一排的角落里。那时候没有像样的课桌，基本上就是一张木板搭在一堆破砖头上。我连一张木板也没有分到，只分到一堆破砖头。板凳是自己从家里带来的。每天上课前，我要先把那堆破砖头码好，稍不注意，就会轰然倒塌。教室的土地更是尘土飞扬。我倒没觉得艰苦，还乐在其中，感觉像是过家家。有时没有铅笔用了，就在教室地上的尘土里找点断铅来用。

我对小胖说："敢不敢给校长的锁抹上屎？"小胖一听惊呆了，赶紧摇头。他被二耀收拾过几回，有一次头上还被打了个包。"要干你自己干，我可不敢。”小胖彻底呲了。既然建议是我提出来的，就必须由我来圆场，我不能打退堂鼓。“去给我找根树枝。”小胖一溜烟跑出去，捡来一根树枝递给我。说实话，在用树枝挑起那泡屎的一瞬间，我有些后悔了。倒不是觉得恶心，而是有点心里没底，不知道后果会如何。毕竟，没做过坏事。

往校长的锁上抹屎的过程就不详述了，想必会引发各位不良的生理反应。那件事干完后，我和小胖拍了拍手，四处张望了一番，神不知鬼不觉的感觉。天已过午，回家吃饭的同学差不多该回学校了，我们也该回家了。

小时候和小伙伴们做的很多事，我都认为是天知地知你知我知的，不可能被家长们知晓。但事实上，走漏风声实在是常态，蒙在鼓里的往往是自己。

下午回到学校，风平浪静，校长室的门已经打开了，那把锁也已被清洗干净。啥事没有啊，不免有些失落，悬着的一颗心也稍稍放平。

第二天一早，班主任朱老师把我和小胖叫出了教室，并且加了一句：“把自己的板凳也带上。”这是啥意思？为什么要把板凳也搬出去？我和小胖各自背着自己的书包，抱着板凳，站在教室的门外。此时，学生们都回教室上课了，喧嚣的校园显得异常空旷。你有过独自在校园里罚站的经历吗？那种无依无靠的空落感，太难熬了。

“你们俩，被开除了。”朱老师说。

我和小胖面面相觑。此时我们已经知道昨天的事已东窗事发。小胖急忙辩解："不是我干的，朱老师，真不是我干的。"

朱老师转而问我："你说，到底是谁干的?"

我应该说：朱老师，对不起，是我干的，我恨死校长了。但是，我没有那么说，我已经无法承受独自一人面对处罚的勇气。"是我们两个干的。"我跟朱老师说。

"真没想到，你会干出这种事来，我对你太失望了。"朱老师一直很喜欢我，这我知道。我让他失望了，这比什么都让我伤心。

总之，我们被学校开除了。二耀根本没有露面，就把两个潜在的小捣蛋鬼揪了出来。他是怎么知道的？到底是谁告的密？我和小胖搬着各自的板凳，磨磨蹭蹭地走在回家的路上，对如何走漏风声百思不得其解。一边走，小胖还一边埋怨我，明明是你一个人抹的屎，为什么还要赖在我身上？我不能说我没有勇气独自面对这严重的后果，只能继续辩解："可是屎是你拉的呀，你要不提议拉屎，根本就不会出这种事。"

开除学生这种事，在我们的乡村小学算是小事一桩，就像家长把孩子打出家门一样，孩子早晚还是要回家的。第二天，我和小胖就在爷爷的带领下，给二耀赔了个不是，又把板凳放回到教室里。抹屎的事，此后再也没人提起。本来嘛，屎也不是多么恶心的东西。

后来，小胖小学毕业，就去城里投奔亲戚，学厨去了。一直在厨房里干活的小胖，对那一泡屎的轶事，大概慢慢也就忘却了吧。

但我却一直惦记在心，觉得愧对了小胖，也为自己不敢承担责任感到脸红不已。

二耀因为体型问题，早早便退休回家了。在乡村，什么都不干，还每月拿着不菲的乡村教师退休金，二耀的晚年生活让多少人羡慕不已。我父亲是最为不忿的一个。“他懂什么？他哪会教学？他连小学都没毕业就去教小学，还不是因为他爹当年在公社当干部！他现在一个月啥都不干还领两千多，天底下真是没有真理了！想当年，他在牌桌上要赖，被我们几个揍了一顿……”过节原来在这里啊。

我们都以为二耀会有一个幸福的晚年。然而六十刚过，他却突然死掉了。那一年冬天，快过年了，二耀突然肚子痛。送进医院，以为是胰腺炎，治了八天，越治越严重。三天后去世，已是骨瘦如柴。

一碗汤

这故事是怎么说起来的呢？现在想来多少有些模糊。那天阳光实在有些灿烂，尤其是在海边，还有海风吹着，美女们在沙滩上展示着肉体和青春。四个老爷们儿坐着坐着就忍不住了，开始讲述自己的罗曼史。四个歪瓜裂枣，事业算不上成功，人生算不上跌宕，但每个人却都有一段刻骨铭心的爱，像一罐窖藏的蜜，时不时拿出来舔一下，以安慰这无聊的人生。

四个故事里，有三个故事的开头都是“从前有一天……”，典型的懵懂无知的初恋模式，主题全都是“错过”，美好却又充满感伤。只有一段成年人的爱，像是英雄救美，又像是萍水相逢。

他说那个晚上没想到会遇到她，她是被他的一个朋友带去的，在一个酒局上。这样的酒局，对他而言真是再普通不过，他几乎每周都要参加几个。在外打工奔波多年，谁没有几个狐朋狗友。他少小离家，奔波于南方的几个城市，从最脏最累的工地开始干起，一干十几年，如今大小也算是个工地主管。但多年的底层流浪生涯，早已为他的精神底色定了调。个人英雄主义，不安分的生活，粗犷的外表下隐藏着一颗小心翼翼的容易被打动的心。他起初并没有注意到她，周围太嘈杂了，像一片他所熟悉的工地。他喝酒时就像在工地上一样大呼小叫，对女人根本不放在眼里。直到旁边的一帮人唱起了生日歌，直到那女人悠悠说出“今天也是我的生日”，他竟一下子愣住了。怎么会是这样？一边是歌声、蛋糕、鲜花和美酒，一边却是被忽略了的女人。他最忍受不了这个，腾地站起来，跑出了酒店。

等他回来时，众人已散，那女人还在酒桌上等着他。她知道他会回来。他回来时左手提着一个巨大的蛋糕，右手夹着一棵养在盆里的小树，树上开着花，枝叶凌乱。关于这棵树的来历，有两个不同的版本。一是说他在大街上转了半天，也没有买到鲜花，所有的花店都已关门了，正巧一棵养在橱窗里的花树被他发现了，于是一砖拍下去，取出来就跑。另一个版本是，这棵小树就放在花店的门口，他只是顺手牵羊。无论如何，这棵树都没有花钱。为什么要这么干？他争辩说，并不是因为那个女人，而是，他最看不得有人受冷落。

事实上，他在那一刻就爱上了她，但他的外壳太坚硬了，坚硬得连他自己都被自己欺骗了。那女人是本地人，有家室有孩子，而他只是那座城市的过客。有那么几年，他经常跟她打电话，为她做各种事情，甚至为她出头打架。他成了她家的常客，连她的丈夫都喜欢他。

故事讲述到这里，依然显得平淡无奇，甚至连初恋的那点朦胧美都比不上。但是他说，知道我为什么喜欢这个女人吗？因为一碗汤。那是他们认识不久，他正在工地上干活，工友们冲他喊："有个女人来找你！"他没想到她会找来，而且，还带来了一碗她亲自煲的汤。就一碗吗？是不是你记错了？也许是一锅吧？不，就是一碗，我肯定没记错，她把一锅汤煲成了一碗，给我送来了。他长叹了一口气说："就因为那碗汤，这个女人我就再也忘不了了。"

哦，一碗汤，一碗汤……四个人都沉默了，沉默在南海边的沙滩上。有时候，爱的含义就是这么的广阔，包含着感激、苦难、眼泪和沧桑，像一碗人生的浓汤。

阿　德

整整一个冬天，我很少走出校门半步。这个城市的一切都让我感到厌倦，一切都是灰蒙蒙的：灰蒙蒙的四合院，灰蒙蒙的街灯映照着天空中暗黄色的浮云，我甚至不敢大口呼吸。我讨厌这个城市的阴冷，因此我很少走出校门，整整一个冬天，我大多是在被窝里度过的。

我所待的地方是我读的那所大学的一个分部，只有经济、历史和中文三个系的新生在这里学习和生活。这是一座庞大的中西结合式的建筑物，老辅仁大学旧址。三个系的学生吃喝拉撒睡都在这座回廊式的楼里。楼的后面是一座精巧的花园，植着一些树和花，垒着几处假山，从绿树丛中能清晰地看见一条油漆斑驳的回廊，已经很破败了。

和我同宿舍的有四位兄弟：一个云南人，一个安徽人和两个湖南人。其中我后来要经常提到的阿德就是一个湖南乡下人。冬天到了的时候，我们宿舍的五个家伙只有两个还经常在户外运动，其他两个都和我一样，大部分时间都待在被窝里。阿德是经常在户外运动的一个。在寒风凛凛的日子里，他经常只穿一件长袖衫出现在教学楼前的小操场上。他的这一举动引起了许多女同学的好奇与怜悯，她们不明白为何阿德在深冬季节里不多穿点衣服。这事只有我明白，我知道阿德所有的衣物中，只有一件毛背心可以抵挡一下北方的寒冷。要知道那时候雪还没有下，我想阿德是在为下雪准备着。这种捉襟见肘的境况，几乎所有来自乡下的学生都遇到过，我也是仅仅靠一件毛衣勉强过冬的。这也是我冬天里不愿出门的一个原因，太冷了。

另一个经常出门活动的，是一个安徽人。他经常出门会给人一种勤奋好学的印象，他的家乡出过胡适和陈独秀之类的人物，因此他也把自己装扮成一副秀才相。他经常去的地方是教室和小图书馆，偶尔也会去女生宿舍。我们宿舍的五个人中，只有这个安徽人爱去女生宿舍。我不太喜欢这样的人，虽然同在一个屋檐下住了一年，我们也没能有幸交上朋友。

剩下的就只有我们三个人：一个湖南人，一个云南人，一个山东人。我们大都躺在被窝里，有时候看些书，但更多的时候是在睡觉。我后来一看书就想睡觉的习惯就是那时候养成的。大一的课程不紧，这使我们有了充足的睡眠时间，所以一到晚上，我们的精力便出奇地好。这些时间，我们不会轻易就浪费掉，当然也不会去议论班里的某一个女生，因为我们所掌握的素材都还太少。我们谈论得更多的是我们各自的高中生活，偶尔也会谈到爱情和性。我得承认，在我们宿舍，大家的爱情似乎都还不太成熟，谈起这个话题总难免有些牵强附会的地方。云南人的爱情相对来说比较成熟，他们已经发展到了手拉手的地步，甚至在来校报到前的那个暑假，就吻了起来。后来想想，我觉得他们吻得同样很不成熟。我们也谈论性。起初我们还不好意思直说，试图把这个话题当作一个学术问题来交流，后来就自然而然地超出了纯学术的领域。我们交流的内容大都是从书上看来的。相对而言，云南人谈性就谈得放肆一些，在我们面前，他值得一提的就是那个乱七八糟的吻。他把那个吻讲得天花乱坠，还不时地说，你们大家都认真体会体会，体会体会。体会个屁，那是不干就能体会得到的事吗?

我们谈论爱情和性的时候，湖南人阿德很少插嘴。他躺在床上看一些有关尼采的书，当他看完《瞧，这个人》后，就更加不愿理我们。我知道他是怎么想的，他想，瞧你们这帮傻逼。

在一个大雪纷飞的下午，我们各自躺在床上闲聊，几个广东人和福建人在后花园里打雪仗，他们兴奋的叫声让人厌烦。云南人再一次讲起那个吻，讲起那个没有考上大学而最终又回到了闭塞山村的漂亮女孩。我觉得他那天讲得很伤感。当他最后总结性地说你们好好体会体会，体会体会时，我望着窗外飘飞的大雪直发呆。阿德也躺在床上，两眼盯着屋顶。也许是因为下雪的缘故，大家在那个下午都显得心事重重。我看见他终于穿起了那件深蓝色的毛背心，他穿上蓝色衣服显得很精神，也很深邃。云南人让我们再体会体会时，他就放下了手中的书，一直盯着屋顶发呆，我不知道他是否在体会。

黄昏来临时，阿德终于讲到了他的爱情。他讲得很认真，而且深情，但这丝毫不能掩饰他对爱情认识的不成熟，后来发生的一些事也证明了这一点。他和那个湖南妹子甚至都没来得及牵上手，皮肤黑黑的她就退学去深圳打工了。我们都知道深圳那时还是花花世界，云南人的理想就是去那个花花世界闯天下。阿德说他在秋天里一共写了五封信，现在大雪都下了，却连一封回信都没收到。我们都很同情阿德，也能体会到阿德的那个皮肤黑黑的湖南妹子一定长得很漂亮。但她走了你有什么办法，她去了那个花花世界你有什么办法?

阿德讲述他的爱情时没有一个人插话，都静静地躺着，甚至等阿德讲完了也没有人说话。窗外的落雪使冬天加重了萧瑟感。大家就那么在温暖的被窝里眨巴着眼睛，直到食堂开饭时，大家才各自默默地走出了宿舍。

一年之后，我们就搬回了校本部，不再住在同一间宿舍，来往就少了。再然后，我就恋爱了，和一个同班女生。大三和大四，特别是临近毕业的一段时间里，系里发生了很多事，但由于我和女友每天都黏在一起独来独往，因此所知甚少。在我和女友的爱情进行得如火如荼的时候，阿德一直在读《存在与虚无》之类的大书。他在二手市场淘了不少旧书，每天都把自己埋在旧书堆里，读书笔记已做了几大本。看他的走势，一个天才学者的青年时代已呼之欲出。他的毕业论文好像写的是古罗马悲剧，系里因没有合适的指导老师，曾建议他换个题目，他也不为所动。然而，就在毕业前夕，一件事改变了他此后的人生。

事情其实很平常：阿德爱上了一个同班女孩，为熟人讳，我们暂且叫她2，而这个叫2的女孩似乎并不爱他。起因是阿德爱上了另一个女孩，我们叫她女孩 1 。而女孩 1 只知道讨论一些“学术”问题，她对阿德的爱情表白感到很窘迫，并远远地逃避了阿德的追求。情节的发展是，阿德很痛苦，这时少女2来到了阿德的身边，给他讲了许多人生哲理。阿德是个听不得人生哲理的人，在2姑娘的循循善诱中，阿德从女孩 1 身上回心转意，竟又不知不觉地爱上了2姑娘。在别人看来这也许是顺理成章的事，或者根本就不值得当回事，但这恰恰在阿德身上成了事，他开始疯狂地给2姑娘写情书（我曾有幸目睹过一封情书的开头，文字可谓古雅有致），却遭到2姑娘的拒绝。“真好笑，”2姑娘说，“我本来只是想帮助他，没想到却被他给黏上了。我是清白的，谁都知道我是清白的，我只是想帮帮他……这年头做好人真难。”

谁也没想到，四年没谈爱情的阿德，在最后时刻竟迸发出如此的激情。就在2姑娘到处找人谈心表白事实真相的时候，阿德却在默默地准备着一项计划。他每天都是眼圈红红的，出现在通往校医院的小路上。那时已到了毕业分配的关键时刻，大家都在忙忙碌碌地为自己的归宿奋斗。那年毕业分配的形势亦不容乐观，原则上是哪里来的回哪里去，大家都希望能有机会留在祖国的心脏，校方则一直在号召到祖国最需要的地方去，但这种号召力很小，因为谁也不清楚到底祖国的哪个部位需要我们，那时候似乎祖国只需要计算机，根本不需要古文。我们都在关注着自己的前途，因此很少有人注意到阿德。直到有一天黄昏，阿德突然将一大包安眠药摆了出来，大家才感到了事情的严重性。

在阿德决定自杀的那天晚上，他主动找到了我，我正躺在被窝里读克尔凯郭尔的《勾引家日记》。我说阿德你真有毅力，你往校医院跑了那么多日子，敢情是在积累安眠药，你不觉得这种死法太累了吗?

阿德满嘴的酒气，恶狠狠地骂了我一句，你懂个屁，你狗屁不懂。

我说那个女孩根本就不值你去爱，她只是在利用你的自杀自抬身价而已。

阿德似乎怔了一下，然后隔着被子拍了拍我，说，祝你有个好前程。

我说你如果觉得还有必要自杀的话，就去自杀吧，把你那堆破书留给我。

阿德果然把他的大部分藏书都送了人，有点千金散尽的意思。我记得他送了我一套西方文论选。但他并没有真的去自杀。他也许压根就没想过自杀，他只是想借此完成一次自我转变而已。大概是四年单调的大学生活把他压垮了，而前程亦在不确定中。毕业前夕，他彻底把自己从书里解放出来，逢人便问打不打“拖拉机”。那段时间他打牌上瘾，而且手气也不错。在我独自待在宿舍的时间里，他会去坐坐，说些无关要旨的话。再后来，他和广州的一个教育机关签了约，我和阿德再也没有见过面，只知道他到了广州，在一所中学里教书。后来又去了新加坡，在那里教中文。

我挺喜欢阿德的，怎么说呢，他是个不错的读书种子，可惜一件小事改变了他。

（此文写于 1995 年 6 月）

1998 年 7 月的附记：我这个人好像总对不住朋友。有一年祥子到我住的地方来，他是我大学时最好的朋友。结果我不知道该如何招待他，就把他一个人留在我的住处，我则和女朋友逛街去了。现在，听说他已是社会学博士，我们失去联系已经多年。我觉得我此生最失败的事情大概就是对不住朋友。阿德也是一例。在广州待了几年以后，他找了个机会去了新加坡教书，并且爱上了一个在当地打工的菲律宾女孩。据他说那女孩很漂亮，他很快就搞大了她的肚子，然后结婚，然后准备移民菲律宾。我得罪朋友的事情出现在移民这件事上。有一次阿德来信说，想借几千块钱，办移民用，很快就能还上。我犹豫地说，我还是有点钱的，但的确不多，正打算买台电脑。那年头，我和女友最大的理想就是攒钱买电脑，都有点疯狂了。我跟阿德说很抱歉，我手头也不宽裕。这封信寄出后，阿德就断了消息。他去了菲律宾，生了第二个孩子，后来听说还回过一次北京，但终未有任何联系。一个朋友，就这样失去联系了，我非常痛心，并时常责备自己。从此以后，我就时常告诫自己，不要怠慢朋友。其实阿德是个很有才能的人，他喜欢哲学。

老歌三首

哥哥

小时候，有个哥哥意味着多了一个父亲，有两个哥哥则意味着可以称霸一方，发号施令，“彼可取而代也”。

我是老大，没有哥哥，却有一个弟弟。弟弟与我相差四岁，本该有互相独立的世界，但不幸的是，我很小就肩负起了照看弟弟的光荣任务，他像个跟屁虫一样，站在我的阴影里，寸步不离。我烦透了。因为这个，我还被自己的小圈子孤立起来，直至被排除在外。直到弟弟渐渐长大，有了自己的伙伴，他才不再需要我，甚至连理都懒得理我。而我也已到了需要努力学习的年龄，童年就这样草草结束。

弟弟是个“好汉”，经常带着伤口回来一声不吭。有一次，在去往麦田的路上，弟弟突然指着在树上爬的马元说：“哥，揍他！就是他把我脑袋打破的！”那家伙比我弟弟高半头，是另一个村子的老大。弟弟叫我一声“哥”，我浑身一震，觉得这就是一个老大的使命，我必须为了我弟弟，揍他！马元看见我冲他走过去，哧溜一下滑下了树，撒腿就跑。弟弟在后面捡起一块砖头，软绵绵地扔过去，大叫着：“妈的，告诉你，这就是我哥！”

我写过一首诗叫《挽救》，其中有一句是：“小时候我的孤独/是一个大哥的孤独/我没有一个姐姐/却有很多父亲。”小时候，父亲给我的感觉不是一种庇荫和保护，更像是一种压制，一个权威。那时候渴望有一个姐姐，渴望一种柔弱的温馨的怀抱和气息。老大不需要哥哥，老大永远是自己的事情自己解决。读大学时，第一次听到崔健的歌，那时候他已在都市流行很久。我一听，就傻了，感觉这人就像是我哥。

崔健的雄性和侵略性对我是一种拯救。从乡村来到城市，我像一个胆怯的小弟，害怕着周围的一切。崔健吼起来，于是我也跟着吼起来，像握紧了炮弹的胆怯士兵，笨拙的喉咙搅拌着青春的黏痰，周围的一切在眼前渐渐模糊，露出猥琐的面孔。我不再害怕，不再彷徨，仿佛一下子找到了老家。我跟着《一无所有》学习反对生活，跟着《花房姑娘》学习寻找爱情，跟着《一块红布》学习让灵魂飞升。在那几年，崔健就像一个大哥，为青春寻找出路，为屈辱的生活提供报复，也为我们承担了一个时代。

现在的崔健在干什么？他也许已经成为一个父亲。有人说，老崔之老，像个戏子。但无论他是否已经逐渐老去，在我心中，他都是一个大哥。想念大哥，想念青涩的青春时代。

如今，不见大哥已经很久了。这个时代，仿佛人人都可以做大哥，又仿佛谁也难以担当一个大哥的形象。我已经是一个父亲，儿子是无法选择的独生子，他没有哥哥，也不再有弟弟。他需要孤身一人拯救自己。每次从幼儿园回来，他向我诉说与小朋友的恩恩怨怨，我的建议只有一个："儿子，你必须自己学会解决问题。"一度，他跟我的好朋友李振玩得很好，李振比他大很多，他一直叫李振李叔叔。有一次，他很自豪地跟我说："李振叔叔是我哥！"寻找大哥，几乎是每一个男孩的本能。

姐 姐

大概现在真的是老了。一个90后的小朋友问我，最近在听谁的歌？我说谁的歌我也没听，其实是听过一些，全没感觉。老了的标志大概就是这样，不与时俱进，并且开始回忆。

回忆往往由一个个情境带出——黄昏，雨后，或午睡后短暂的眩晕，一首首老歌会渐渐从心底泛起。也只有在一个合适的情境中，那些早已被忘却的声音才会重新复活。比如《姐姐》，张楚的一首惆怅而倦怠的老歌，会带着一种梦游般的气质，一种后青春期的不能自持的伤感，从午夜的风中飘来……"哦姐姐我想回家，牵着我的手，我有些困了；哦姐姐带我回家，牵着我的手，你不用害怕……"

我第一次与这首歌邂逅，是在大学的食堂前。已近午夜，而我们的啤酒还没有喝完。所有的食堂和教室都已经关门了，我们在风中喝啤酒。世界杯已经开哨，大礼堂围满了人，但马拉多纳却坐上了看台。我们的英雄被驱赶上了看台，我们为此喝醉了。“我的爹他总在喝酒是个混球，在死之前他不再伤心不再动拳头，他坐在楼梯上面已经苍老已不是对手，哦姐姐，我想回家……”谁在放这首歌？谁在为喝高了的人助兴？我们随着张楚吼叫起来，“哦姐姐，我要回家！牵着我的手，我有些困了！”

那时候，我们都需要一个姐姐。那时候，我们什么也没有：理想、怀抱、女人、钞票、床……一切都在风中飘。我们拥有的是什么？汗水、狂躁、孤独、漂泊、未成年、失败和一个肮脏的爬满臭虫的被窝……我们都是些生活里的小弟。真正的生活在围墙以外，连空气都开始变得富裕，而我们却一无所有。我们跟着崔健反叛，跟着迭戈（马拉多纳）疯狂。当太阳落下，黑暗笼罩一切，风吹起，孤独就从角落里踱回来，缠上我们，一种无助的感觉在渐渐消散和弥漫。青春将逝，在离开围墙之前，我们需要一种引领——姐姐，伟大的女性，善良，美丽，柔弱而无所不能，给我们一个怀抱，一个依靠，一种无负担的爱。在街头的泪光中，在月夜的孤独中，只有姐姐与我们相濡以沫。

对于一个敏感、细腻、脆弱的小弟来说，姐姐是一个传统。这是一个诅咒父亲的年龄，诅咒他的暴力，他的拳头，他的集权，他的无能。母亲在哪里呢？她短暂地缺席了，或者就站在父亲身后。我们不需要母亲，她无力，她单调，她没有肉体。我们需要一个姐姐：那是亲情、友情和爱情的化身，那是亦师亦友、趣味相投和肌肤之亲。多年之后，我读到过那么多献给父亲的诗：“父亲和我 / 我们并肩走着 / 秋雨稍歇 / 和前一阵雨 / 像隔了多年时光。”（吕德安《父亲和我》）诗中充满了祥和与感恩。有谁给姐姐写过诗呢？当小弟们拥有了自己的美人后，他们把姐姐忘了。“姐姐我看见你眼里的泪水，你想忘掉那污辱，你的男人到底是谁……”感谢张楚，感谢所有惦念着姐姐的诗人。

小弟们长大了，不再是一个到处漂泊的游吟诗人，富裕的宴饮中有我一个坐席，孤独的人是可耻的。他独立门户了，他功成名就了，因此他需要一个妹妹：他需要标榜一种身份，需要关怀和占有一个美人；他有泪不轻弹了，他是一个男人了，因此他打掉牙要求咽回到肚子里。而姐姐们并没有走，她们就站在不远处……在她们眼里，你依然是小弟。

去年冬季，在一个非常文艺的场合，偶然遇到了张楚。那是我第一次见到他，弱小，低调，亲和，与我想象中的一样。

妹　妹

夏日炎炎，蝉声聒噪，昏昏欲睡中，老歌飘来。

最初听到这首歌是在什么时候？哎呀忘记了。“怎么会迷上你，我在问自己……”很长一段时间，内心都在哼唱这首歌。我从来不曾当众唱过一次歌，有些旋律烂熟于心，但当我试图发出声来，它们全变了，那些熟悉的旋律再也找不到了。郑钧的歌不同，那些懒惰的旋律不仅仅好记（似乎完全由着你的心性而来），而且当我发出声音，它们并没有发生霉变。

要为郑钧的歌找到一种情绪，否则，那些歌是那样的不伦不类。这种情绪就是懈怠，或曰颓废。他的冷漠无人能及，他的慵懒是一种标志，他半吟半唱，永远朦胧着眼。那种状态，好像嗑完药刚醒一样，幸福，沉迷，又提不起精神。他的音乐是一种药，这种药专治各种孤独。

在长安的三位歌手里，我偏爱张楚的忧郁、郑钧的懈怠、许巍的清晰。忧郁和清晰像是好孩子，而懈怠则更像个坏孩子。相对于好孩子，我更喜欢坏孩子。好孩子是很难理解坏孩子的思维方式的。坏孩子的坏无法模仿，但好孩子的好却人人可学。两者的精彩程度不同。何谓懈怠？就是精神萎靡，提不起神，一种深入骨髓的慵懒。懈怠，就是不干了，爱谁谁了，就这么定了，不求上进，不能自拔，赖在一种心情里不出来。郑钧的很多歌都符合这种心境。这是一种自我安慰，自我疗救。世界在飞速前进，窗外的风景一闪而过，而我待在家里，拉上窗帘，孤独饮酒，并被一种音乐擒获。世界疯狂，我们有必要将自己麻醉，耍赖，不合作，用水洒满全身作为盾牌。其实是更深的孤立、绝望、忧心忡忡，是长夜无眠，是买酒却买不来醉。时代最清醒的歌者，懈怠之王，用一种最柔软的方式、后撤的姿态，与风车作战。

那一次我们在半岛唱歌，师江、小沈、巫昂、小尹，微醉，唱最粗俗的流行歌曲。突然有一首歌，让我怦然心动，是郑钧的《赤裸裸》。师江的破嗓子唱出来，美妙无比。一种神奇的疗效，让我的心一下子明亮起来。最早听这首歌，还在大学里，那时候还不能理解这种情绪。那时候最喜欢的，还是《灰姑娘》，大概也是初恋的缘故。

《灰姑娘》不是郑钧最优秀的歌，却是我最难忘的。歌曲唱的是初恋，鬼迷心窍的初恋，迷惘，走火入魔，无理性。“灰姑娘”就是一个永恒的“妹妹”的形象。当一个男人摆脱了对“哥哥”的依赖，摆脱了对“姐姐”的依恋，而真正爱上一个“妹妹”时，他才算真正成了一个男人。

我已不喜欢郑钧后来的大部分歌，主要是调不准心情频道。去年看到他在舞台上赖不唧唧地弹唱《阿诗玛》，竟然一下子又找到了那个“灰姑娘”郑钧。那种纯真，那种波澜过后的一丝宁静，那种恢复平静的感恩，像一场怀旧的盛宴。

2003 年

记忆练习

记梦录 1

……我们去后村参加一场乡村嘉年华派对。夜晚，星光在灯光里兴奋，初中生，男生和女生，那个叫 X 的女孩就在女生堆里，她似乎在有意躲避我……而就在昨天，我们刚刚知道，自己是彼此的恋人。我们四目相对的那一刻，脸上不敢有表情，但心跳得却异常欢快……

也许是担心被同学们窥见，她一直在躲避我……就在一个热闹的胡同口，她消失了……我和另一个女孩睡到一张床上，床就放在教室的后面……我想要拉开她的衣服，被她拒绝了……而 X 似乎知道了这一切，她走了……我决定去追她……人太挤了，有一段时间，我似乎忘记了她的存在，停在一个热闹的舞场边观看……我决定去找她，我决定去找她，我跑得异常轻快，春风沉醉，脚步如飞……快要进村时，我发现自己的鞋子丢了，我是光着脚跑回来的。我让村里的保安给后村的村长打电话，希望他能帮我找回鞋子……保安抄起电话：“喂，是村长吗？XX 的鞋子丢在后村了……”

记梦录 2

……我们一起走路回镇上，我，加上另外两个同伴。我们从一场盛大的聚会上回来，而镇上，既不是我们的家，也不是学校。我们去镇上，找到各自的住处。我住在一间土房里，泥墙，草坡顶，原先的主人刚刚死去。在开门的一刹那，我发现锁被人换过了，一把新锁，而我手里也有一把新钥匙。已经有些晚了，月亮升上来，两个同伴似乎刚刚享用完晚餐，来到我这边。我边开门边念叨：“已经很久没住了，里面的空气一定很不好。”木门打开，三个人走进黑暗里，这时，突然从里面闪出一个人来，笔挺，苍白，穿着一身崭新的绿军装，没有一点慌张的样子。“我是被派来监督你们的性欲的。”他说。

记梦录 3

……在乡下租了一处房子，准确地说是在一片茂盛的田野里。房子是宽大、低平的民居，正房三间，西厢两间，房顶用草席覆盖，草席的边缘垂下来，遮住光线和雨滴……我们睡在地上，盖着单薄的毯子，没有做爱……走到屋外，是一地的麦秸秆，光滑、干净、金光灿灿……远处，是一片一片的棉花田，中间还有一些瓜棚，心中暗想，找个机会去偷瓜……回到屋里，碰到我的朋友小胖，阴沉着脸，身形巨胖，胖得几乎变了形，发黑，我说：“你怎么最近吃这么胖?”他没好气地说：“我们出事啦……”

母亲家的狗

母亲家的狗被同村的一只小母狗勾引了好几天，生殖器天天硬硬的，它有时会用舌头去舔一下。但它始终未能将好事做成，一只更大的公狗成了它的情敌。有一天，它被那只大狗咬伤了后腿，但它一声不吭，静静地在角落里卧了三天。第四天，它又出发了。这一次，它不仅将大狗赶走，将好事做成，还顺便咬死了一只旁观的小狗。

过了几天，小狗的主人对母亲说：你家的狗真厉害，把我家的小狗咬死了。

母亲问：是吗？真有这事？

真有这事，死狗就扔在后面的水沟里，一只小狗狗，已在污水中泡大。

好在还有那只小母狗，它将在冬天产下一窝狗仔。死狗的主人说，他准备到时候再抱一只来养。

生产队的畜生

小时候，生产队还没解散。没解散的标志之一是：牛还是生产队的牛，马还是生产队的马，只有一个饲养员，那就是我爷爷。另一个标志是：种猪种羊还是集体的，全村猪羊的性生活问题全由那两头畜生负责解决。也因此，那俩畜生得到了最牛逼的照顾，吃得好自是应该的，关键是住得还好。畜生们住在小学校的后面，三间瓦房，窗户上还有玻璃。而我们小学的窗户都是纸糊的。有一天夜里，生产队陡生大火，两头畜生被烧得皮焦肉嫩。乡民们只是袖手旁观，并不施救，看来民愤极大。在吃地瓜的年代，两头畜生被埋掉了，据说是肉味太骚，已无食用价值。

苹果树

小时候，经历过生产队的解散，分田分地真忙。牛，每个生产小组一头；田，每人一亩三分；犁，分不到牛的每户一副，可以找牛自由组合……还有一处果园，每到春天，都开很好看的苹果花。那地方被严密看管，是我们童年的禁地。但果园只开花不结果，大概是品种不好，或被村长贪污了……最终也要分掉。每户一棵，但又不能种在一起，必须移种到各家的院子里……几十年的老树了，一挪，也就死掉了。一大片果园，竟无幸存者，从此苹果树在乡下绝迹。

盲

有一次去盲校采访（我干过十年教育行业的小记者），看见校园里的盲孩子玩得非常开心。只有两个孩子躲在一边，脸上表情忧郁，落落寡合。问校长何故，答曰：此二人是后天致盲。

时　差

给父母打电话，经常没人接。他们的时间与我不同，我睡觉时，他们黎明即起，洒扫庭除。我出门上班，他们刚从田里回来，带着新鲜的露水和青菜。我工作时，他们刚刚吃早饭；我午休，他们依然在田里；我下班，他们还没回来。要等到晚上，月亮升上来，他们才会回家。我知道，我们之间的根本不同只是他们一天只吃两顿饭，干三垧活儿；而我一天只干两垧活儿，却吃三顿饭。

官　道

官道两旁是一些杨树，新土，和刚刚钻出土的茅根。细细的芽，像发丝。杨树叶子还不能被风吹响，是嫩绿的，不时地落下一些像虫子般的杨絮花。远处是一望无际的麦田，因为雨水刚过，麦田显得拥挤、平坦。春风吹拂下，麦田的颜色变幻不定。我跟在谁的后面在走？我为什么走在远离村庄的方向？越走越远了，周围的事物依然那么熟悉。直到碰见一个人，那个唱《莲花落》的乞丐，他问我："小孩，你要去哪里?"

"我哪里也不去，我要回家。"

于是，我掉过头来往回走，依然走在官道上。直到远远看见妈妈弯着腰在麦田里拔草，我知道，我一直都没有走远，我只是走神了。我一个人，玩得太久了，可能还在树下睡了一觉。没有人陪我，春天是孤独的，一个脱壳的、容易走神的季节。

神啊，带我回去吧！

夜　雪

几个伙伴围着火炉打纸牌，灯光昏暗，水在炉子上吱吱地冒烟，火上是新煨的红薯。有人在一边床上先自睡下，有人在昏暗的光下读一本明清小说。在洗牌的间隙，我出门到院子里撒尿，雪下得紧一阵慢一阵，世界在暗夜里发着白光，我看到门外的一串浅浅的脚印，从门口一直延伸到田野的深处……

存在两种可能性

我踏着扫得干干净净的雪中小径去找一个人，当我心情愉快地走到他的家门前举手敲门之际，突然发现，我身后仅有的那条小径曲曲折折，不知是谁扫出的。

我踏着扫得干干净净的雪中小径去找一个人，当我心情愉快地走到他的家门前举手敲门之际，突然发现，那条小径又被白雪覆盖如初，仿佛根本没有被扫过一样。

俊 友

他会找一个什么样的女朋友？他的脸那么白，那么胖，那么迟缓，那么能吃，那么肥，那么多毛，那么脏，那么短的尾巴，那么大的耳朵，那么小的眼睛，那么难听的鼾声……他简直就是一头猪，适合去找一头母猪！

虚 无

我挣的钱够多了，已经超过了父亲的一生所得。有时候这样想想，就觉得人生很虚无。

造 句

我想用“白色山肩上的月亮”造个句子送给你。

街角

那是一个下坡。往上走，是城市中心的大道，往下，穿过铁路桥，是通往郊区的小道。我一般是出旅馆的门往左拐，穿过一条肮脏、热闹的小巷，那里屋檐上滴着水，垃圾在风中飘，自由市场、网吧、水果店和洗头房各得其所。我穿过去，突然置身于一条寂静的路上。

我坐在落地窗的里面，两杯清水，几张大靠背椅。正午时分，热带树都困了。我们一边聊一些突然闪现的话题，一边陷入沉思中。这是个小城，街巷整洁，云淡风清，黄昏迟迟不来，美女不时走过。

这是记忆中的，还是梦中的？我从一家香烟店里出来，突然遇到她，手里拿着一摞纸，打着雨伞，从另一边的街角走过来，头发有些湿，裙摆贴在小腿上，走得很急。

"你怎么在这里?"

她抬头看看我，什么也没说，就准备离开。我赶紧将手中的一朵花递给她，说："上面有我的联系方式。"

她走了，消失在梧桐树街的尽头，我们从此再也没有遇上过。

村妇

那一天是个乡村节日，官道上尘土飞扬。我看到一个农妇的一篮子鸡蛋，用花头巾盖着，像她自己刚生下来的儿子。

蓝

记得小时候，一到秋季，母亲就翻箱倒柜，把家里的单衣棉被全拿出来晾晒。阳光下，散发出一股好闻的霉味。现在想起来，妈妈晾晒衣被时的表情，是那样的满足、陶醉。每个女人都爱美，哪怕那只是一种单调的蓝。

阳　春

四月的天，阳光清清地照着，树叶是新的，泥土是新的，麦苗是新的，田畴上散布着星星点点的人群，红头巾绿裙裾黑布鞋白布褂，其中的一家，两兄弟，三姐妹，我就是其中的老大。我直起身来往一片深绿的树丛望去，炊烟已上树梢，是该收工的时候了。那时候，我觉得世界就这么大，过了官道，那就是另一个世界了。

王翠花

如果改名叫“王翠花”，她的乳房是否会因此而丰满起来？

西瓜女人

为了证明那颗西瓜是熟的，他拎着拍了又拍，像是在拍打自己的女人。

鳏

他坐在路灯下喝啤酒，吃烤串，与每个半生不熟的人打着招呼。天晚了，该回家了，有人这样告诉他。他笑笑，喝下一大口啤酒。回家干什么呢？老婆已经跑了，儿子去网吧了。他就想找一个有人的地方待着，让人帮他赶走孤独。

家乡来的人

一个小女孩，六七岁的样子，手里拿着碗，在等红灯的每一辆车前三鞠躬，嘴里嘟囔些什么。三鞠躬过后，如果车窗还没有打开，她就换下一辆。来到我的车前时，我赶在第二个鞠躬之前摸出一枚硬币，丢到她碗里。她没有任何反应，只是省略掉第三个鞠躬，换另一辆车。旁边站着她的母亲，一张愁苦的脸。她只能在附近捡些废品，这乞讨的工作她不太适合——她已超出了人们怜悯的范围。一串鞠躬过后，小女孩并没有得到更多的钱，但这不在她考虑的范围，就像完成了一项家庭作业，剩下的就是向母亲撒娇了。她钻进母亲怀里，双手抱着母亲，小脸在母亲的胸前磨蹭，在那一刻，我看到她是一个孩子。

而我为什么不能够多掏出些钱来？我为自己的草率、不识善恶感到沮丧。也许当时兜里只有一枚硬币，也许碰巧……无论如何，我可以更加慷慨一些。我无从选择，选择已经是恶，“真正的善应当如蜜蜂迎着花朵飞去”。但我真的能够改变她们什么吗？我连自己都改变不了，我的吝啬，我的贪欲的本性——我既非英雄，亦非圣人，“善是恶的星空”，我只能遥望那伟大的星空……好在我没有作恶太多，我作的那些恶，只是一种贫贱。

王翠山

1763 年的巴黎。“扬州县道台街翠竹巷　王翠山（收）”有没有这么个地方和这么个人？

新雪孤独

岁末。孤独来袭，新雪来袭。椅子、睫毛、书、一张网……

辑二

表兄小宝的生与死

我至今还记得二十年前那个霜雾蒙蒙的早晨，我和表兄小宝踩着雪，去一片林子里野餐。接近年关，东北的气温已是滴水成冰。脚下的积雪被冻住了，踩上去咯吱咯吱地响。我们一路吹着牛，哈气在眉毛上结成了冰。快要到达林地时，发现一只被盗猎的鹿，躺在雪地里，鹿角和鹿鞭已被割去。

那是一片柞木林，间或有几棵白桦。小宝带我爬上一块巨大的岩石，扫开一片雪，摆上香肠和啤酒，还有一包香烟。他就近找来一些枯树枝，一堆熊熊篝火在雪地里燃起。

冬季野餐的主意是小宝出的。他动员了我几次，都被我拒绝。“太冷了吧。”我说，“再说，大姨也不会同意。”那段时间，我住在大姨家，表兄小宝是大姨家的第三个孩子，比我大两岁。我知道小宝拉我出来野餐的目的并非野餐本身，而是另有图谋。

“看到没有，翻过这座山头，再过一条河，就能到达那个山洞。”小宝一边喝着啤酒，一边用手指给我看。他所说的山洞，据说是日军遗留下的一座军火库。这传说根据何在，小宝并没有解释清楚，他只是一味地相信，并动员我与他一起去探宝。“一定要搞到武器。”这是小宝常挂在嘴边的话。“搞武器干什么?”我对他的忽悠一直半信半疑。“搞到武器可以做很多事情！比如打猎，打架，组织游击队……关键是，可以把杨三干掉!”说到杨三的时候，小宝狠狠地朝火里啐了口啤酒。杨三比我们大几岁，整天抱着个小女友炫耀，见到小宝就“秃子、秃子”地叫，小宝早就看他不顺眼了。

一阵风吹来，火焰一下子大了，我们一半身子在寒风里，一半身子被烤得通红。小宝把狗皮帽子摘下来，露出斑秃的头。三岁那年，他一头栽进火炉里，头皮被烧掉一半，从此帽子不离头。

最终，他也没有说服我。我是个好孩子，不会轻易去冒险。小宝无所谓，他早已不读书了，调皮捣蛋出了名。他决定抛开我独自行动。春天刚到，他就爬上了从东北开往山东的火车，没花一分钱，来到了外公的老家。那年他 13 岁。他听外公说起过，有一把双管猎枪，放在自家的粮仓里。半夜时分，他上房揭瓦，将房顶掏一大洞，潜入粮仓，却大失所望。那把猎枪太老了，老得像掉了牙的外公。

后来，我离开东北外出读书，与表兄小宝的交集就很少了。时常从亲友口中听到一些他的消息，又跟谁打架啦，又离家出走了，找不到女朋友啦等等。有一次身在山东老家的二姨告诉我，她好像看到小宝了，在她家的厨房里一闪，就不见了。还有一次大舅告诉我，小宝去烟台当保安了，好像混得还不错。

中间很多年没有他的消息，亲友们一家家变故不断，好像只有他是平静的。突然有一天，他从山东给我打来长途电话。电话里，他家长里短地跟我寒暄了半天，还共同回忆了那次有趣的野餐。他还说他早就不当保安了，因为“保安也搞不到武器”。问他现在在做什么，他说在帮人做买卖。“就是帮别人收收欠账什么的，”他解释说，“但是做什么都需要搞到武器才行!”轻松的交谈持续了一个小时，说到最后，他突然就哭了起来：“我知道她不爱我，但是我爱她……”哦，表兄小宝的爱情，一直都是一个悲剧，也许是因为他的天马行空，也许是因为他斑秃的头。我能说什么呢？人各有命，各自保重吧。

这之后，又是很多年没有联系。他只与大舅保持着单线联系，按他的来电显示打过去，不是空号就是公用电话。大舅时常感慨，小宝这是怎么啦？脑子出问题了？

最后一次得知小宝的消息，是去年冬天。大舅来电话说，烟台警方让他去一趟。最终他没有去，是大姨家的二表哥去的。二表哥回来后，什么也没说。大舅追问了几次：“小宝出什么事了？”“还能出什么事？”二表哥欲言又止，说着说着就哭了，“他真是疯啦，他竟然跑到部队去抢枪……”

我最终也不知道表兄小宝搞到了武器没有。

那一年，我们去河滩看杀人

我们走在去东河滩的土路上。太阳已经升得老高，永才脸上显得有些焦急，他一路都在担心会迟到。我们出门时，天刚蒙蒙亮，社员们还没有起床，只有几头猪在街头晃荡。我们先是一溜小跑，跑到官道上，然后趴在过往的拖拉机的拖斗后面，像几只大虾，往县城进发。刚过半程，小胖就被颠下去了。现在只剩我们三个人了：我，10岁；永祥，11岁；永才，14岁。

我们去河滩看杀人。

枪毙犯人的消息就贴在村小学的大门上，一溜儿判决书，上面打着红叉叉：某某某，犯强奸罪，枪毙！某某某，犯流氓罪，枪毙！某某某，枪毙！枪毙！永才一边磕磕绊绊地读着判决书，一边用手做持枪状："啪！啪！啪！统统枪毙！"

那一年，永才14岁，但他和我一样，还在读三年级。暑假过后，他就可以读四年级了，这让他非常烦躁。他不愿意读书，尤其不愿意升级。他说如果让他选择，他宁可一辈子都读一年级。一年级让他有成就感。"你，你，还有你，小胖，我们明天去河滩看杀人。”永才是我们的头儿。他已经打听清楚，明天在县城东河滩要处决一批犯人。

我还从来没见过杀人，那时候，我们连电视都没得看。我所有关于杀人的知识，都来自小人书和永才的杜撰。明天就要到现场看杀人了，这让我既感到紧张，又有些兴奋。入夏以来，村里常会来一些宣传车，捆着大喇叭，讲着“严厉打击”、“坚决制止”之类的话。还有几次，开进来一辆辆绿色的军车，车厢里站着荷枪实弹的民兵和脖子挂着牌子的犯人。我曾在一排犯人中认出过一个熟人，是我的一个表兄，他因为偷了邻居家一只羊，被县里抓走了。我也搞不懂我的家乡怎么一下子涌现出那么多犯人。那时节，永才他们开始偷偷地学抽烟，跳迪斯科，和班里的女生过不去。

河滩还远，但隐隐可见很多人在那里聚集。据说，这个枯河滩自古以来就是个刑场。“杨六郎就是在那里被杀死的。”永才这么忽悠我们，完全没有根据，他也许只是想给我们鼓鼓劲。我们已经累得走不动了。太阳已经升起老高，盛夏的骄阳晒得头皮发麻。就要到了，就要看到杀人了，明天就可以在教室里大讲特讲了！这点可怜的信念鼓励着三个少年，靠近了枯河滩。

怎么回事？没看到穿白警服的警察，也没有传说中戴墨镜的刽子手，更没有脑浆崩裂的犯人，只有一只只青山羊，等待它们的买主。我们千辛万苦，来到了一个羊市上。看着干得冒烟的河滩，永才咬牙切齿地说：“简直是日他娘！”

“日他娘!”我说。

回去的路更加漫长。在永才的威逼利诱下，永祥掏出了他仅有的两毛钱，我们一人买了一根冰棍，一边吸吮，一边等待开往乡下的拖拉机。

两年后，我们终于可以在电视上看杀人了，但这些画面已毫无新鲜感。每天都有死人的消息，每天都在“严厉打击”和“坚决制止”，我们从来不觉得这些事会发生在我们身上。就在我小学毕业那一年，一直在读小学四年级的永才突然不见了。

永才的消失太过蹊跷。我问过他身边的那几个大孩子，他们也推说不知。“是不是做什么坏事被逮起来了?”我怀疑过，但也就怀疑了那么一下下，睡过一觉也就忘了。那时候，我已有了新伙伴，他们都是好孩子。

读中学的那些年，我一直寄宿在学校，很少回村里。有一年寒假回家，小胖突然跑来找我，给我带来一个惊人的消息：永才出现了！哦，离那次去河滩看杀人，已经过去六年多了。这期间，永祥结婚了，并生了一个儿子；小胖去济宁学厨，人长得也越来越胖。我正满脸青春痘，准备高考冲刺。

永才在村头重新出现，尖头皮鞋，头发溜光。问他这些年去了哪里，他显得有些神神秘秘，只说去了趟新疆，在那里帮人做生意。“什么生意?”“说了你也不知道。”看着永才那副光鲜的派头，我的的确确生出些羡慕来。

事实证明，很多坏消息，似乎都在故意瞒着好孩子。

永才重返新疆后，我才得知他早年的一些消息。那时他还在读四年级（他好像一直在读四年级），他们几个和一个姑娘，在一个河滩，搞了一次派对。后来那姑娘要嫁给永才，但永才不愿意，因为那姑娘是个瘸子。于是那姑娘就说，永才搞了她。他们几个也一口咬定，是永才搞了她。他们都没事，他却被送往新疆。新疆，多么遥远的地方啊，那么多河滩，那么多羊。

战斗英雄白跑路

在我们家乡，人们喜欢给一些有生理缺陷的人起绰号，比如二瘸子、三豁子、四眼子之类的。二瘸子是因为腿瘸，三豁子是因为豁牙，四眼子纯粹是因为眼睛小。想必“笑人齿缺”的确能给人带来快感，否则也不会有人乐此不疲吧。

这些绰号往往当面叫不得，背后交流时才可用。也就是说，当绰号作为第三人称时，才是合法的。比如二瘸子，我当面就必须叫他二叔，背后跟人提起他，才可以“二瘸子”、“二瘸子”地叫。瘸二叔想必早已知道自己的绰号声名远扬了，你当面叫他二叔时，他笑眯眯地看着你，其实是在提防你冷不防叫出他的绰号来。就有一些小孩子，故意站得远远地叫他“二瘸子”、“二瘸子”，他会疯了一般地拖着两条瘸腿追上去。

瘸二叔一条腿长一条腿短，天生的。在我们乡下，这种天生的残疾注定了一生悲催。瘸二叔倒是很乐观，无论农忙农闲，你几乎每天都能看到他笑眯眯地在村头出现。你以为他是个二流子吗?不不不，他是有使命的，而且在他看来，这光荣使命非他莫属。

他是露天电影队义务预报员，用眼下的一个热词就叫：义工。

不懂什么意思吧？二十多年前的事了。那时候很多地方都有露天电影放映队，轮流在各个乡村放映电影。在没有电视只有报纸广播的年代，露天电影就是我们的春晚。夏夜，打谷场上，两根竹竿架起，扯上一块银幕，幻灯打上去，仿佛天堂扯开了一个角。

在这样的场合，你总能见到瘸二叔忙碌的身影。他帮着竖起竹竿，帮着扯起银幕，帮着发动发电机（如果发电机出毛病，他会变得更加兴奋）。只有当电影开始放映时，他才会消停下来，静静地站在幻灯机的后面，一脸满足与安详。想想吧，一个整天跟着“春晚”剧组忙活的家伙，哪怕纯属打杂，哪怕只是个义工，他内心该有多大的成就感。

一场电影放完，往往会预告下一场在哪个村放映。如果下一场你并没有去，那你就无法知道再下一场会在哪里放映了。这时候，瘸二叔的作用就体现出来了：他可以告诉你流动电影队现在到了哪里，将要放映什么片子！这就是他频频在村头出现的原因。

“二叔，今晚哪里有电影？”

“王庄！”

“啥片子？”

“还是《喜盈门》。”

还是《喜盈门》，这片子我都看过八遍了。瘸二叔说出口的时候也觉得有点不够给力。他知道我们都爱看战争片。因此，每逢有战争片的消息，他就会在村里四处溜达，碰到谁就告诉谁：今晚王庄有战争片，快去看！

但他的消息也并不总是很准确，因为他也并非每场都跟着看。谎报军情的事情时有发生。有时候我们听了他的话，呼朋引伴地赶去看，结果却扑了空。扑个空也无所谓，我们也能乐在其中。回来的路上，凉风习习，有着好闻的庄稼的气息。碰到三三两两的继续赶去扑空的人，就大声招呼几句。“赶紧去看，好片子！”“什么片？”“战斗英雄‘白跑路’！”于是一起大笑着返回。

我还发现一个规律，一般有绰号的人，往往都娶不上老婆。他们将光棍一生，我们也都觉得这很正常。

不正常的事情发生在1988年冬天。快过年了，也是娶亲嫁女的季节。突然，瘸二叔家的土墙外贴出了大红的喜字。没听说他要结婚呀！但他的土房里的确多出了一个女人，白白净净，南方口音。据说是花了大价钱的，顿时惹得全村的光棍穷汉们前来围观。那个新婚之夜，听洞房的队伍非常庞大。洞房里的动静也很大。第二天再看瘸二叔，脸有点变形，门牙缺了半颗。

自此，二瘸子便关门闭户，很少在村里溜达了。直到春天来临，他才又重新出现在人们的视野里，只是不再发布电影消息，嘴里不停地念叨着什么。

事实上，他买来的老婆在那个除夕夜就跳墙头跑掉了。瘸二叔深一脚浅一脚地追了半天，也没追上。光棍买老婆，在我们那里司空见惯。买来的老婆再跑掉，就像电视连续剧里插播的广告，都在人们的意料之中，大家也见怪不怪。

但二瘸子这一次却不同。老婆跑掉的那年夏天，他也失踪了，从此人间蒸发，音讯全无。其间，他的家人找了几趟，但人海茫茫，直如大海捞针一般。

后来，每逢露天电影队来，人们都会想起二瘸子。“他肯定是到南方找那女人去了。”“嗯，但愿他不要‘战斗英雄白跑路’啊!”

这是爱吗？这就是爱吧。

草原啊月光啊战马

我一大早就来到他家。我没有吃早饭的习惯，他有。

他刚刚起床。这是我第一次走进他家的卧室，有一道墙将里外间隔开，因此卧室是卧室，客厅是客厅。我们家不同，三间堂屋是敞开的，寒酸，也不讲究。

我们两家不同的地方还有很多。比如，他家有一台收音机；他家的窗台上经常晾着一双回力牌球鞋；他家的中堂挂着一幅字画，而不是玉皇大帝；最大的不同是，他家的院门有一个门楼，而我们家只是一个简单的柴门。

我们两家是邻居。他家富我家穷，这明显看得出。但富也富不到哪里去，除了祖上留下来的宅子，大家一日三餐（我家两餐）大差不差的。也正因此，我和他尚可做朋友。

我等着他起床、下地、穿鞋。他穿回力牌球鞋，白白的，橡胶底，鞋带也是白白的。我很好奇。我穿的鞋子从来都是母亲做的，连鞋带也是。他穿上鞋子站在那里，等他母亲来给他系鞋带。他母亲在客厅叫着我的小名，让我帮他系上鞋带。我觉得有点异样，但还是蹲下来，帮他系上。我很少穿系鞋带的鞋子，但会打各种结。

他是我童年的朋友之一。我有各种类型的朋友，有一起做坏事的朋友，也有一起胡打乱闹的朋友，他是我安静的朋友。我和这位静友最大的乐趣是坐在他家的门楼下，山南海北地畅想。说是山南海北，大不了也就是村南村北，我那时候连县城都没去过。他也没出过远门，但他的畅想天赋明显比我厉害。我至今依然清晰地记得，有一次我们聊到了草原。草原！在我的印象里，草原就像麦地，我见过最多的景象就是家乡的麦地。他尽情地嘲笑我，说什么麦地，麦地里可以放羊吗？麦地里可以养马吗？草原有多大，你懂吗？他眨巴着眼睛望着我，然后双臂挥起来，做了一个环抱的动作。草原大得望不到边啊！

然后，想想吧，那么大一个草原，就我们两个人，放养一大群山羊，还有马，最好是战马。白色的、枣红色的，一人一匹，在月光下，挥舞着马鞭，驱赶着羊群……然后，回到帐篷里睡觉。

虽然我们的畅想结束于睡觉，我依然很钦佩我这位静友的畅想天赋。想想看，草原啊月光啊战马，与一个贫瘠的黄土乡村相比，是多么的富于诗意和诱惑力。事实上，富于畅想天赋的不仅仅是这位静友，还包括他的父亲。我童年时很少看到他父亲，因为那时他似乎是在县上做事。有一年他回村里管事，做的第一件事就是把村子的街道取直了，铺平了，然后，他开始动员劳力在街上挖渠，是那种能占半条街道的 U 型槽。按照他的畅想，街道一边走人和牲畜，另一边绿水长流。很可惜，他这个美好的工程在常年干旱的黄土地区遭遇失败，除了阴雨天会有一洼一洼的积水，平时就是一个干干的黄土槽。

我和他做朋友的时间很短暂，读小学后，他就随父亲到县城读书了。而我从村小读到乡中再读到县中，一直都与他没什么交集。再后来，他们全家都搬离了乡村，只留下他爷爷——一个瘦高的老秀才留在老宅里。老秀才死那年，我到城里去读大学。所谓童年的伙伴啊发小啊什么的，其实在一生中也就那么几年的交集，所能记住的，也就是几个场景而已。

我原以为与这位静友再无交集，事实上也很难再有交集。大学毕业后，我到远离家乡的城市工作，一年都难得回一次乡下。偶尔回去一次，发现他家的老宅已经卖掉，看来是不准备再回乡了。问母亲这一家人的下落，母亲也说不清楚。有一年冬天，弟弟来我工作的城市打工，我带了些吃的东西去看他。很远的郊区，天也很冷，因为快要过年了，大部分工厂都停工了。弟弟住在一个很简陋的工棚里，和他的工友们打打闹闹的。见到我来，自然是很亲切，将他的伙伴们一一引荐给我。最后他说，我带你去见一个人，你肯定想不到是谁。

我真是没想到会是他啊。那是个打磨自行车零件的地下工厂，污染很严重。他戴着一副露着手指的手套，耳朵上戴着脏兮兮的毛绒耳套，正在打磨一个自行车轮毂。弟弟将我引荐给他，他看了我半天，嗫嚅了一句什么，我没有听清楚。

弟弟简要跟我讲了下他的情况：我那位静友因异想天开，在县城附近承包了一大片地，准备建一个跑马场。“就是把大片的麦地铲掉，然后种上草，作孽啊这是！”跑马场还没建成，就被债主们告上了法庭。静友进去了，他父亲也被债主们追得四处躲藏。大概情况就是这样。这不，他跑到这里打工来了。

有时候，你小时候的那点理想会害你一辈子。

五火上树

在我们那儿，丢了东西怎么办？骂。骂回来的可能性有多大？谁也不知道。谁家的鸡丢了，骂一骂，可能黄昏时就会骂回来。谁家的庄稼被谁家的羊吃了，骂一骂，那只羊可能就不会再来吃。谁家的瓜果梨枣被谁家的孩子偷吃了，骂一骂，过一会儿就能听到谁家打孩子的声音。

事实上，在那个年月，村里人是很少闭门上锁的。即便是锁上，钥匙放在哪里，也都是心照不宣的事。防君子不防小人。再说，穷家烂舍的，也实在没什么值钱的东西可偷。

有一年，村里来了一位画家，说是采风。住农家，却带来一堆城里物件，诸如牙刷牙膏之类的。早晨出门，晚上回来，发现牙刷不见了。很诧异，没想到还有人偷牙刷。问遍四邻，都说没拿。画家离不开牙刷，报告给村长，村长也说没办法。村长女人说，我给你骂一骂吧，兴许能骂回来。画家莫名惊诧，丢了的东西，还能骂回来？

晚饭一过，牛羊入圈，鸡犬不鸣，村头传来村长女人的捶床村骂。拍着大腿，扯着嗓门，句句不离下半身——此处还是删去若干字吧。奇妙的是，第二天，画家的牙刷回来了。

骂一骂，这是村民们处理日常纠纷的简易程序。更甚的，就要整蛊了，俗称咒。

整蛊的通常步骤是，用白布扎一小人，以墨绘之如小鬼，捆在村头某棵树上，每日以开水浇之，以针刺之，并伴以村骂。

某年，邻居家的新媳妇嫁妆丢了。新妇为退伍军人，陪嫁自是不菲。洞房花烛之后，嫁妆细软竟不翼而飞。此事件惊动小村，公安还来拍了照，但没人真的抱以希望。

没过几天，村头大树上出现了几个布扎小人。邻居老太太每天提一桶开水，泼之浇之，刺之骂之，一天三晌，雷打不动。

如此一月有余，丢了的嫁妆最终也没有骂回来。

突然有一天，村里大小老少都跑去五火家看热闹，说是五火疯了。五火，老实人一个，平时少言寡语，养了三个闺女，没儿子。

我也跑去看。五火家小院挤满了人，个个仰着脑袋往树上看。五火上树了！老大一棵梧桐树，遮盖了五火大半个院落。隐约能看见五火，蹲在最高一根枝头上。他的女人在树下哀哀地哭，两个闺女朝树上喊“爹你下来呀爹你下来呀”，但任凭谁喊叫，五火既不应声，也不下树。

从此五火就住在了树上。他采了些树枝，给自己搭了个窝，状似鸟窝。他白天待在窝里睡觉，晚上才下树活动，尽量避免与人相遇。有人在晚上碰到他偷别人家的柴草，还有人发现他偷了一只鸡拿到树上去吃。他的女人给他准备了一个小桶，用定滑轮原理，每天将吃的东西给他拉上树。不用说，他吃喝拉撒睡都是在树上完成的，吃完就尿，尿完就拉。鸟屎易躲，人尿难防。因此，白天很少有人敢站在那棵树下朝上看。

我们都觉得很新鲜。多年不出一个疯子，出了一个疯子，竟然疯得如此彻底、如此有趣。我们会远远地朝那棵树上喊："五火，鸟人！五火，鸟人——！"一开始并无反应。慢慢地，竟也有了回应。我们一喊"鸟人"，五火就在树上配合着"咕咕"地叫几声。

这个游戏虽然有趣，但时间久了难免单调。渐渐地，关注五火的人越来越少。此时节，村头的整蛊依然在如火如荼地进行。小布人被扎得稀烂，看上去甚是恐怖。

一个村东一个村西，一个整蛊一个发疯，该不会是……流言渐起。传话者一说出口，就赶紧把嘴捂上。这可不能乱讲。你有什么证据？有人说发现五火穿上了女人的衣服，后来发现是误传。五火每天在树上爬来爬去，裤腿被树枝挂烂了，貌似裙子。还有人说，人家刚丢了嫁妆不久，五火就嫁了闺女，莫非是……但也仅是猜测。有人鼓动丢嫁妆的去查验一下五火家闺女的嫁妆，但始终没见行动。一来，整蛊讲究动口不动手；二来，那时节的嫁妆几乎千篇一律，供销社就供应那几种布料，裁缝就会裁剪那几种花样，你怎么就能证明那腰身那花样是你的呢？

那场整蛊持续到冬季，临近春节，图个吉利，悄悄撤了。"鸟人"五火也没有挨到过年。深秋一到，树叶落光，"鸟人"的一举一动大白于人前。冬至前一场大风，将“鸟巢”掀翻在地，“鸟人”坠落树下。有人说他是冻死的，有人说他是摔死的，也有人说他是被咒死的。总之，他死了。

小巷里的第欧根尼

在回城的路上，突然又见到了那个乡村乞丐。依然是长发、布履、百衲衣，依然是竹板、麻袋、龅牙嶙峋。车子开出小巷的一瞬间，他正在一户门前打着竹板唱得欢。我摇下车窗，愣怔着听了半天，恍如隔世。

差不多快二十年了，他竟然丝毫未变。

在我童年的记忆里，这位乞丐大叔就是这副模样。其实叫“大叔”，是大可存疑的。因为谁也搞不懂他到底有多大岁数。谁也不知道他到底是男还是女。他有一副男人的身板，留一头女人的长发；有一张男人的黑脸，却有一副女人的尖嗓。他站着吃饭，蹲着撒尿，坐着睡觉，躺着唱歌。他不娶也不嫁，没有父母，没有兄妹，孤苦伶仃，单门独院。

记得小时候，家乡的乞丐很多，他们大多是一些外乡人，手捧破碗，背着布袋，挨家挨户讨要一口吃的。乞讨时，他们往往敲着竹板，唱上一段不成调的“莲花落”，一是为告知一声有乞讨者来到家门，同时也是为了力所能及地“报答”一下施主。后来生活渐渐好了，乞丐渐渐少了，真正会唱上一段的乞丐就更少了，他们也不再要饭吃，而是直接要粮食，再拿到集市上换成钱。

这位乡村乞丐从来不要粮，更不要钱，他只要口吃的。人民公社时是这样，分田到户时还是这样。现在是打工时代，乡村乞丐们也都进城了，有的以瞒和骗将自己的无助与脆弱展示在市民面前，以博取一种毫无防御的道德力量的援助。但这位乡村乞丐却依然坚守在自己的领地里，在四邻八乡讨生活。他从不曾瞒和骗，唯其如此，他身上的谜团也越积越大。

他真是个怪人。

在我们家乡，不积财货、不事稼穑的二流子比比皆是，但像他这样整天陶陶然于一口剩饭的乞丐，却是第一个。从来没见过他愁眉苦脸的样子，也从来没见过他与人怒目而视的时刻。他手中没有打狗棍，腰间没有杀猪刀。一箪食，一瓢饮，在陋巷，人不堪其忧，他却不改其乐。真是“贤哉回也”！

我甚至觉得他堪比陋巷里的第欧根尼。

据说犬儒派大师第欧根尼常年住在一个木桶里，他的全部财产也就是一木桶、一斗篷、一棍子、一面包袋，简直就是一个乞丐的标配。有一次第欧根尼正在晒太阳，这时亚历山大大帝前来访问他，问他需要什么，并保证会实现他的愿望。第欧根尼回答道：“我希望你闪到一边去，不要遮住我的阳光。”拽啊！

这乞丐大概深得犬儒之妙，每天除了抚着肚皮晒晒太阳，就什么都不干了。是啊，在乡村，如果你什么都不愿意干，你就只需要一个讨饭的钵子。竹板那么一打呀，就什么都有了。

一个人是男还是女，这很难搞清楚吗？有一次我和几个小伙伴，爬他家墙头去偷瞧，被他发现，一块砖头猛飞过来，吓得我们哧溜一下落荒而逃。那是我第一次见到他那么愤怒，简直满脸狰狞，怒不可遏。

这小巷里的乞丐，大概也是唯一一个不肯让我们知道人类基本面目的人。他坚守着这个秘密，像坚守一袋黄金。哦，这个比喻可能不太准确，事实上他对黄金毫无感觉，但他对这个秘密却视若生命。他舍弃了一切，却守护着一个最基本而又最无用的秘密。这秘密也逐渐成了笼罩在他身上的一层神秘光环，使他成为乡村的"那一个"——第三人称之外的第四人称。

事实上，是男是女，早已不是什么秘密，因为作为一个犬儒生活在乡下，并不是一件简单的事情。我至今还记得在人民公社时代，他被拉上戏台接受批斗的情形。"打倒这个不男不女的家伙！"长发被剪了一半，脖子挂着一双破鞋，裤子也被撕烂。大喇叭里还播放着《智取威虎山》选段。

但他硬是将这个不是秘密的秘密重新窖藏、发酵，重新变得扑朔迷离，他在这神秘的光环后面自得其乐。

"真不知道一个人要失去了什么，才有勇气冲撞一切约定俗成的规矩，真不知道第欧根尼是失去了什么，才成为那样一个肆无忌惮的人。……他是唯一肯让我们看到人类丑陋面目的人。"齐奥朗曾如此赞赏第欧根尼。

而我们早已没有这副胆量依自己的欲望行事。我们通常依规矩行事，尽量让自己看上去正常些。而那些被我们视为疯子的家伙，恰恰是他们，获得了真正的自由和快乐。

雨季来临之前死去

刚过小满节气，小雨一连下了几天，这在我的家乡并不多见。还没到农忙时节，外出打工的青年们尚不必忙着回家。村子里空空荡荡，几只母猪慢悠悠地晃过大街。

出门，看到邻居老汉张文绰，正徒手抟泥，重修院落。阴雨几日不停，将他的泥墙冲垮了。如今，在乡村，泥墙院落已不多见。张文绰的泥墙，基础还是20世纪60年代的干打垒，经过多年的修修补补，已岌岌可危。事实上，烂泥根本就扶不上墙，刚垒好，雨一冲，又垮了。他像斗志高昂的堂吉诃德，赤着上身，徒手和泥。干吗不等雨停了再修？我跟他打着招呼，他像根本没听见，依然在雨中抟泥不辍。虽然院子里空空如也，完全败落，但有一个围墙，对他来说似乎比天还重要。

张文绰，我家东邻，孤身一人住在一座泥墙院落里已经多年。在我的印象里，他的脾气有些古怪，常常避人三尺，对人亦不怎么热情。除了下地干活，他很少走出自己的小院，更不与邻居们往来。他长得人高马大，一表人才，走起路来昂首挺胸，在低眉袖手的乡下人中，颇有些鹤立鸡群的感觉。

他独身多年，除了与老母亲相依为命，身边再无其他女人。这样一个人没能讨到老婆，多少有些奇怪。对于他的身世，大人们很少谈论，似乎有难言之隐。我们小时候对他的身世也根本就不关心，我们关心的是他院子里的枣树。每到枝头果实累累的时候，也是我们垂涎三尺的时候，于是常趁他不在家，潜入小院，上树偷枣。一旦被发现，一场捶床村骂在所难免。张文绰嗓门洪亮，骂声惊人，日上三竿开骂，过午不辍，骂得躲在家里的小贼们个个心惊胆战。骂过之后，照偷不误，那时的乐趣是：与张文绰斗，其乐无穷。

后来偶然一次家中闲聊，问起张文绰的身世来，才知晓此公身世凄凉。张家本是村中富户，1949 年之后，在政治上彻底被贱民化，一家人在村里抬不起头来。三年困难时期，张家一共饿死了四口人，分别是张文绰的父亲、哥哥和两个侄子。而他一家一共才七口人，也就是说，饿死了一大半。那次饥荒，村中饿死百十口人，但一家人饿死这么多，还是显得太过突兀。本家叔叔解释说，挨饿那年，吃得了菜根树皮的，或在村里有势力的，基本上都能挺过来。而那些曾经富过的人家，胃口已经不能消受菜根和树皮，再加上政治上失势，饿死的比例自然会大增。

在我的记忆中，张文绰一直跟老母亲一起生活。张家前院有一间牛棚，住着他的本家叔叔老柱。老辈人讲，困难时期后，张文绰的嫂子还在张家住过几年，后来便不知所踪。本来人丁兴旺的一家人，仅剩两对孤男寡女，其间悲喜欢愁，均被乡邻们有意遮掩了。我印象里，张文绰和他的叔叔从无来往，似有芥蒂。张家叔叔一直以讨饭为生，寄居在牛棚一角。突然有一年，他双腿被外乡人打断，再也不能外出讨饭，吃喝拉撒睡全在牛棚里解决。那还是20世纪80年代，全国上下号召学雷锋树新风，张家叔叔就成了我学雷锋的理想目标。每天上学前、放学后，我会到他的小屋里看看他，给他提两桶水。他每次都很感激的样子，但感激的眼光却越来越浑浊。渐渐地，他的身体彻底垮掉，苍蝇叮在他身上，他都懒得赶。于是，经常会看到在他的眼窝里、鼻孔里、耳朵上，堆满了白色的苍蝇卵。

雨季来临之前，老柱突然死在了牛棚的草炕上。人们走进他的小屋，发现草炕烧了一个大洞，老柱半边身子已经成灰。谁也不知道火是怎么烧起来的，也不明白一个人是怎么将自己烧死的。那天围了很多人来看热闹，张文绰只露了一面就悄悄走掉了。

我问过母亲，为什么张文绰连他的叔叔也不管？母亲说，都是些陈年旧账了。老柱大概欺负过张文绰的娘。

但我从来没想过张文绰也会死得那么惨。死前几个月，张文绰的两眼突然失明了，对于一个没亲没故的单身汉而言，简直是天绝之。死前一天，张文绰跌跌撞撞地上街买盐，一连摔了几个跟斗，被街上的几个老婆子小媳妇一通嘲笑。摸回家后，张文绰就再没有出现。接连几日未见人影，几个大胆的年轻人走进了张文绰的小屋，发现他已死在床上，口吐白沫，药瓶扔在一旁，想必是自绝的吧。

村民张文绰，一生被历史所挟裹，可谓命运多舛。但他尽量在生活的每一个细节上守护自己的尊严，并以一死将自己定格为一个有尊严的人。

牛棚记

在我的记忆里，生产队的牛棚里住着三个人：我的爷爷，大队饲养员；乞丐老柱；香油坊主人张三磨。

我的爷爷，出身穷苦，曾经是民兵连长和村长，“大跃进”时期因一句“高级社不如初级社，初级社不如互助组，互助组不如单干”，犯了政治错误，被贬到生产队养牛。我猜想，相比于当村长，我爷爷可能更愿意养牛。他实在是一个优秀的饲养员，也是一个扶犁驾辕的好把式。生产队那时一共有八头黄牛，一头草驴，两匹马。马不吃夜草不肥，事实上驴也是如此。因此，我爷爷就必须住在牛棚里，以便照顾好这几头宝贝的生活。我也就近水楼台，和牛棚的关系密切起来。曾经有一段时间，爷爷帮我在麦草堆里扒开一个窝，我也住在了牛棚里。夜里听着马吃夜草，老牛反刍，耗子在角落里窃喜，不知不觉入梦。白天也有很多好玩的事情，比如将牛缰绳系在房梁上荡秋千，比如在麦草垛上打洞，比如像闰土那样，“下了雪，我扫出一块空地来，用短棒支起一个大竹匾，撒下秕谷，看鸟雀来吃时……”

乞丐老柱是个单身汉，没亲没故，据说祖上曾经阔过，方圆几里都是他家的祖产。也正是因为阔过，打土豪分田地时他们家一下子败落，财毁人亡，一大家子只剩他光棍一个。老柱人长得白净清瘦，少言寡语，穿一身粗布衣，一碗一杖，早出晚归。他不怎么爱搭理小孩子，因此我们都觉得他怪怪的。

牛棚的旁边是三间香油坊，油坊里有一方石磨、一口大铁锅和一个灶。油坊主人张三磨，人长得五大三粗，油光瓦亮，活像猛张飞，事实上性情极为温和。这三间油坊原为张家私产，合作化时充公。张三磨继承他爹的手艺，传到他这里正好第三代。我们对油坊感兴趣，是因为每次磨完油后，石磨里总会残留一点芝麻。我们会趁三磨不在时，偷偷从门缝里钻进去，把小手伸进石磨的磨眼儿中，偷吃那点残留的芝麻。哇！那实在是太香甜的诱惑。但磨眼儿太小，手伸进去后根本没有回旋余地，稍不留意还会被石磨磨破。而且残留的芝麻也太少啦，我们为此经常背地里痛骂三磨。但三磨又实在是个可爱的人，根本让人恨不起来。

我开头说了，牛棚里一共住着三个人：我的爷爷、老柱和三磨。这三人里，三磨是最没有必要住牛棚的。一来，晚上不开磨，那头拉磨的驴也有我爷爷负责喂养呢；二来，三磨有家，有女人和孩子，不像老柱那样无家可归。三磨的女人面黄肌瘦，整天一副愁眉苦脸的样子，她给三磨一共生了四个儿子，两个女儿。但三磨还是执意住在了牛棚里，在老柱的小屋旁边又搭了一间草房。

话说这都是三十多年前的事了，20 世纪 70 年代末期，乡村集体主义式的生活依然在贫瘠中延续着。那时我还没进村小，有的是时间，牛棚就成了我和伙伴们的游乐场。玩累了，就去三磨的油坊里听他天南海北地瞎侃。三磨口才好，一边用葫芦在油锅里杵来杵去，一边慢悠悠地讲。有时候我们听得困了，就席地躺在油坊里睡觉，他也从不赶我们走。现在想想，那真是个天堂般的所在。

这样的生活延续到1980年秋天。我记得那时节刚刚秋收完毕，新鲜的芝麻刚刚归仓，正是香油坊最红火的季节。突然有一天，大清早，很多人大呼小叫地往村西头的牛棚跑，说是不得了了，出人命了。我心想不会吧，一共就住着仨老头，会出什么人命？睡意全无，提上裤子也跑去看热闹。

真是不得了了，仨老头死了俩！我跑去时，看到我爷爷正站在院子里，哆哆嗦嗦地说着话："……买香油的来敲门，我还想，三磨每天都起挺早，今天这是咋啦？……我就推开他小屋，冲里面喊'三磨兄弟，三磨兄弟'，喊三声没人应，走进去一摸，床上人都凉了……再往里瞧，床里面还有个人，嘴里吐着白沫……我的个老天爷啊！"

人被抬出来时，已经不行了。身上裹着破床单，光溜溜的两具尸体。看热闹的村民满脸的震惊，只有三磨的女人呼天抢地，声音凄厉。

后经公安检验，二人均系服毒身亡。至于为何同时服毒，又死在同一张床上，一直没有一个权威的说法。现在想想，我爷爷其实什么都知道，但他什么都不说。我爷爷曾被公安带走了几天，也还是什么都没说。说什么呢，说什么都是犯错误，最好让秘密烂掉。我爷爷早已吸取了他人生中最大的教训。

两人死后不久，分产到户就开始了。耕牛分给了村民小组，牛棚被改造成村部，我爷爷也正式下岗回家。我记得那年的冬天非常冷，大雪下了几场。转年春天，树木吐绿，田里一派繁忙景象。我们吃饱饭的日子终于来了。

一头猪，两只羊

至今还记得小时候躺在胡同的土地上做过的一个梦：整个天空灯火通明，一队队金戈铁马在云端厮杀，歌妓、乞丐、农夫、牧羊人，各色人等跨过独木桥，一幅后现代的清明上河图穿插其中……

也许是童年的星河太过明亮，也许是乡村戏剧太过迷人，或者是两位老人的絮语潜入了梦境，小时候经常会做一些稀奇古怪的梦。尤其是夏夜，屋内闷热难当，便扯一领席子，铺在胡同空地上，一边听乘凉的老人们絮叨些陈年往事，一边数着星星入梦。

我家门前，有一片空地，洋槐三棵，是乘凉的好去处。右邻是本家的大爷爷，我记事时他已经老了，守着一个老太婆，以及一头猪和两只羊过活。左邻是曾经的富农，虽已年迈仍架子不倒，气宇轩昂，是喝过墨水的乡村秀才。一到黄昏，鸡刚上树，两人便各自提着马扎，在固定的位置安营扎寨，天南海北一通闲聊。如此数年如一日，从初春到深秋。

本家的这位爷爷，他的很多经历我都是从他们的闲聊中听来的。他年轻时是乡村二流子，为了吃饭而加入本地的土匪队伍，后来被国军收编，成为七路军的一员。曾参加过著名的长城会战，喜峰口战役他一连讲了两个夏天。但他肯定不是个好战士，打仗时躲在担架队伍里，战事一停便吃喝嫖赌。他最辉煌的一役是在长城脚下完成的。他们在那里聚众赌博，这位爷赢了足足一麻袋钱。有了钱，他就趁机开了小差，脱离了队伍，回到老家。那时候，老家已经穷得揭不开锅了，但这位有钱的爷一分钱也没有拿回家。他在半路上买了一个老婆，剩下的钱又全部输光。

他重新变成了穷光蛋。

1949 年土改时，他的赌徒身份和逃兵经历挽救了他，让他免于一死，但土地也没分到多少，连口粮都不够。为了活命，他便开始饲养种猪和种羊。那时候，喂几只鸡，喂头猪或羊，是农村家庭唯一的副业。母鸡一般都有公鸡照顾，但母猪和母羊的性生活很难解决，因为公猪和公羊早早就被劁了（不劁长不大），这就为饲养种猪种羊专业户留了一门活路。

在我记忆里，每天天不亮，就有十里八乡的人赶着猪、牵着羊前来配种。晌午一过，就很少有人来了。当时不理解，干吗非要来那么早？又不是赶早班车。长大后才明白，即使是头猪，功能也不是无穷尽的，来晚了，可能就配不上了。

每天目睹这些猪羊们在眼皮底下过性生活，真是一种折磨人的性教育。有时候挺羡慕那头猪的，长得其貌不扬，比别的猪都要小上一圈，但待遇超好，每天的伙食总是变换着花样，晚上也不用住猪圈，而是与老两口同居一室。这位爷和老伴没有子女(老伴有一女，是与前夫所生，住外乡)，两人住在两间土坯房里，同时还要让臊不可闻的三只种货一同住进去，其盛况不堪想象。

我从未进过他的土坯房，因为这位爷脾气不好，不欢迎小孩子。他家院内有一棵枣树，有几枝伸进我家，常常枣子还没变红，我就忍不住敲下几颗。这位爷只要一听到动静，就会开骂。为了报复他，遇有前来配种的猪羊，趁他不在家，我便打开他的小院门，让有情人终成眷属。羊一次五毛，猪一次一元，自然归我所有。猪羊无言，天衣无缝，我成了最早的“五毛党”。

我记事的时候，这位爷年纪已经大了，半亩地也耕不动了，就一心饲养这几头尤物。反正有猪羊在，他就有饭吃。后来为了扩大业务，他常常天不亮就牵着羊往集市上赶，那里羊群聚集，总会碰到几只发情的。过午，他会在集市上买个馍，一路啃着，赶着羊回家。

太阳落山，鸡上树，猪羊归圈，蜻蜓收山，蚊子和蝙蝠冤家路窄，这位爷和那位爷各自搬着马扎，安营扎寨。我往往听着听着，就入梦了……

故乡一别二十年，只有梦里依稀还记得那位爷。以为他早已不在人世了，有一年回老家，发现他依然顽强地活着。他的小院已完全倾颓，土坯房摇摇欲坠，屋顶塌掉半间。这位爷躺在干草堆成的床铺上，胡子上挂着霜。他已不能下地，生活难以自理，是本家的几个侄子轮流给他送碗饭吃。因早年间人品不佳，老来也无人尽心照管。他倒毫无怨言，只埋怨老婆子心狠（老伴晚年被自己女儿接走了），埋怨自己老不死。那也是我第一次走进他的小屋。不过二十平方米，家具几乎全无，一张木床已经朽烂，只有一个空碗放在床头，还有一只羊，拴在他的手臂上。

那已是他弥留之际。他对人世已毫无牵挂，只是希望侄子们能在他百年之后，将他的最后一头羊与他埋在一起。族侄们满足了他最后一个愿望，他们都知道，那种羊肉不好吃，太臊。

红旗家的儿女们

红旗家一共有四个孩子：大女儿小丽，以及三个儿子小信、小学、小笑。

红旗老婆生小笑的时候，计划生育风声已紧。本来按照政策，生完小信就该打住了，但红旗坚持让老婆跑回娘家生下了小学。生完小学，红旗就被摁到乡卫生院做了了断。但一年不到，红旗老婆的肚子又大了。此事蹊跷，但红旗信誓旦旦，说他可以对老婆的肚子负责。于是在多番游击之后，小笑又出生了。

红旗，本名张凤旗，人长得五大三粗，智商偏低，日子过得有今儿没明儿。老婆眉眼还算周正，但生完四个崽儿之后，腰身已状若水桶。大女儿小丽却生得清秀明丽，笑起来甜甜的，很招人喜欢。可惜天生小儿麻痹，没进过一天学校，整天带着三个弟弟在家里玩。他们一家住在后街，平时难得一见。有一年夏天，我在小学校的门口见过一次小丽，至今难忘。她似乎在等什么人，斜斜地站在校门口的大树底下，穿着一件满是洞眼的男式背心，歪着脑袋浅笑着，脸上还有几粒雀斑。那时她已发育得像个大姑娘了，小乳房凸起着，在背心的缝隙里若隐若现。

没过多久，就听说小丽被五个男孩轮奸了，案发在村西头的玉米地。五个孩子，最大的十七岁，最小的才十三岁。小丽那年也才十四岁吧。当时正赶上严打，五个孩子全被捉了去，最重的判了二十年，连放风的也被判了两年。在这起事件中，本来小丽是受害者，应该获得同情。但奇怪的是，村里的舆论却一致指向了小丽，说她太风骚，结果害了那么多男孩。还有风言风语暗示，小丽在家跟她的弟弟们就那个。此事没有证据，不能乱讲。我倒是去过她家一次，三间土坯房，昏暗潮湿，中间一张大通铺，姐弟四个睡在一张床上。但这能说明什么？在那时节，很多家庭都是四五口人一张床。

红旗一家在村民的指指戳戳中飘摇了两年，1987 年，十七岁的小丽突然出嫁了。夫家就在邻村，也是个瘸子。门当户对，也算美满。小丽一走，很多人松了口气。他们说得没错，小丽的确是太风骚了，不仅漂亮，且野味十足，在村里待久了，难保不会再出事。但小丽嫁过去不到半年，就被夫家退了回来，说是怀孕了。怀孕是喜事呀，为什么要退婚？夫家说，关键是月份不对。结婚刚半年，怀孕却已七个月，这话怎么说呢？

这一次，连红旗也解释不清了。他连闺女带老婆狂揍了一顿，差点把小丽打流产。一顿家暴之后，红旗老婆带着小丽和小儿子小笑突然消失了。走前不动声色，走后无声无息，谁也不知道她们去了哪里。家里顿时清静下来，剩下红旗带着两个儿子过活，日子过得冷锅冷灶的。

我就是在这时和红旗家的二儿子小学成为朋友的。红旗家四个孩子，小丽因残疾没有上学，小信因智商问题（和红旗差不多）也没有读书，只有小学算是正常，但也只读完了小学。小学比我低一级，每天跟在我屁股后面登高爬低。有时候我故意逗他，问他“你姐肚子里的孩子到底是谁的”之类的，他只是傻笑。

如此过了四五年。那些年里，我大多数时间在外面读书，很少回村里。突然有一天，传言说小笑回来了。他是一个人回来的，算算年龄，应该是七八岁的样子吧。大夏天的，穿戴整齐，脚上竟然还穿双皮凉鞋。大家都赶去围观，他神气活现地在院子里走来走去。这是小笑吗？都说不像。我拉过小学来问：“这是你弟？”小学也说不像。是不像，不但跟红旗长得一点不像，跟小信小学也不像。红旗倒是笑呵呵地接纳了小笑，说：“咋不像嘞，就是小笑嘛！”但以红旗的智商，是大可存疑的。

小笑倒是能说得清他的来历。他说他从东北来的，母亲跟着姐姐，姐姐已重新嫁人。他是想回来看看两个兄弟，就扒火车回来了。

好吧，我们就暂时相信他就是小笑吧。红旗家的事，说不清道不明的事情太多了，再多一件也无妨。小笑以小笑的名义在村里待了不到半年，第二年一开春，他就消失了。红旗家又恢复了平静。

如此又过了几年，红旗老婆带着女儿小丽回来了，小丽还带回来两个孩子。说是东北的那个男人死了，在那里也不好过，还不如回到红旗身边。红旗家又恢复了热闹场面，红旗的脸上也漾起了春色。

一家总算团圆了，但唯独不见小笑，甚是奇怪。

去年暑期，我回老家看望母亲，在胡同口碰到了两个孩子。女孩看上去像是姐姐，眉清目秀的，只是小脸多日没洗，衣服也脏兮兮的。小男孩应该是弟弟，拖着长长的鼻涕，拿着根树枝，追着姐姐打。问母亲：这是谁家的孩子？母亲说，红旗家的。去年一个女人送过来的，说是小笑的孩子，放下孩子后就走了。

那么，小笑去哪里了？事实上，这么多年，小笑一直就生活在几里外的光棍木匠家，娶妻，生子。有人还曾在集市上碰到过他。去年初夏，他在砖窑上干活，清理砖机时，机器突然启动，整个人瞬间消失。只剩一条右腿还算完整，埋在村后的新坟里。

我们的黄司令

七八月份，麦子归仓，秋苗茁壮成长时节，正是家乡的雨季。漫长而浪荡的暑假生活也开始了。

那时候，最容易对付的是老师留下的暑假作业，最不容易对付的则是自己迅速变化的身体。作业本就不多，一放假便被抛诸脑后，最后时刻突击完成。但身体，以及身体里的那头小兽，每天都在横冲直撞，实在难以将息。

好在雨季到了。雨季一到，会有很多农闲时间，男人们或扎堆赌牌，或饮酒作乐；女人们也是三五成群，聚在一起叽叽喳喳。孩子们则彻底解放，呼朋引伴，寻找各自的天堂。

我们经常聚会的地点是生产队的废粮仓。粮仓孤零零矗立在庄稼地里，废弃已久，门窗全无，里面堆着些柴草，老鼠和麻雀四处做窝。对于孩子们来说，这一开放空间简直就是天堂。我们在里面讲鬼故事，编黄色笑话，胡打乱闹。

那时候，大脚张四是我们的头儿，他也是粮仓的司令（除粮仓外，尚有大队部、小学校等几处据点，各有各的头儿）。张四只读到小学四年级就辍学在家，长得粗黑矮胖，一只眼大一只眼小。此人最奇特之处，还在于他的那双脚。他双脚肥大、扁平，足迹如熊掌。每到雨季，为了省鞋，他便光脚出行。因此，要想在雨天找到张四，只需循着地上的足迹去找，多半都能成功找到。

他能成为我们的头儿，概因他有丰富的野外智慧。诸如掏麻雀、捉蛇、挖田鼠窝、偷瓜摸枣，均是他的拿手好戏。但他最吸引我们的，似乎还是他那半生不熟的性知识。他可以编很生动的黄段子，绘声绘色，如亲临其境。他还教会了我们手淫。

黄司令之名，便由此而来。

张四排行老四，上有三个哥哥，下有一妹。张四父亲死得早，没等几个孩子成年便撒手而去。在我们家乡，一个寡母带着四个儿子过活，多半意味着孩子们讨不到老婆。果不其然，张四四兄弟，只有老大讨了个老婆，脑子还有问题。老二年近三十，入赘他乡。老三老四，几乎就是打光棍的命。但老三还有点念想，因为他们还有一妹，还可以走换亲这条道，但也要耐心等待妹子长大成人。老四，我们的黄司令，可怎么办呢?

张四不急。从没听说过他想讨老婆，他最大的乐趣就是吃喝玩乐，讲黄段子。我们有时便奇怪，此人从无实战经验，哪来那么丰富的战场知识?但这念头也只是一闪而过。没吃过猪肉，还没见过猪跑吗?伙伴之间代代相传的战斗经验，足够他发扬光大了。

一直以为张四就一个妹子。有一次雨天去寻张四，凭足迹看他应该还未出门。他家单门独院，柴门虚掩。推门进来，小院冷清脏乱。嘴里喊着“张四，张四在家吗”，就进了他家堂屋。这还是我第一次进他家小院。他们家似乎不太欢迎外人，有什么事，隔着篱笆门说完就完。堂屋没人，很暗，静得有点让人担心。我再喊一声“张四”，只听得里间“啊”的一声应，不像人声，吓得我掉头就跑。

后来跟伙伴们说起这事，伙伴们耻笑我少见多怪。张四本有两个妹子，大妹脑瘫，从未出过院门，小妹倒是健康伶俐。叫那“啊”的一声的不是别人，正是张四的大妹。

“这回知道司令哪来的战斗经验吗？从他妹子身上学来的。”

这帮坏小子，我才不信。

这里要补充介绍一下张四的父亲。那死鬼原来在大队的香油坊磨香油，人称张三磨。他跟一个住在牛棚的乞丐老头搞到了一起，有一年两人双双喝药殉情。三磨死得不清不楚，加上家庭重担，三磨的女人更加愁眉苦脸，没有一丝生的快乐。但她的几个儿子倒都是乐天派，整天嘻嘻哈哈，看不出一丝愁苦。

生存还是死亡，在我们那里根本就不是问题。想生就生，想死就死，生死之间几乎不存在界限。生如行尸走肉，死如灰尘草芥。生，有口饭吃，有张床睡，身边有个男人或女人，没有也无所谓，总可以找到自力更生的办法。死，无非是一包药、一根绳、一口井的事，吞下去，套进去，跳下去，这个世界就跟自己无关了。如果生无乐趣，那么死就会变得有趣。如果死无乐趣，不妨继续活着，活着然后自寻其乐。

张四的娘似乎一直活在生死之间，从她愁苦的表情中能够感受到，那根悬在梁上的绳子一直在她头顶晃荡。但她最终没有选择悬梁自尽，而是吞下了一包耗子药。顺便，也给大女儿喂了一包。

发丧那天，小雨不断，打湿了张家的两口薄棺。张四那天穿了一双新鞋子，咧着大嘴，表情甚是难看，像哭又像笑。

枪和爱情

有一年暑假，我去东北农场舅舅家玩，第一次见到这个男人。

他就住在舅舅家隔壁，独自一人，瘦高，苍白，穿着整洁陈旧的工装。人很热情，见谁都是一副笑脸，但那笑像是浮在脸上的一层粉状物，很是单薄。

我记得隔壁以前住的是一对上海知青，前两年，那对夫妻千辛万苦地回城了，房子就空了下来。房子不大，一个前厅，一间卧室，一个小院，是典型的农场联排宿舍。虽然房子不大，但一个人住，还是显得有些空旷和冷清。

听舅舅讲，他刚从牢里出来，“那房子本来就是他的”。也就是说，入狱之前，他就住在隔壁。只是我那时还小，没有记忆。如此说来，他入狱至少也有十年了。

这个地处边城僻地的农场，汇聚了来自五湖四海的各色人等，其中多数是下乡知青。他也是当年的知青之一。只不过，他的身份似乎比知青要特殊一些——他是资本家的后代。

当年，他和舅舅是篮球场上的队友，知青文艺会演上的搭档。

二十郎当岁，英俊潇洒，多才多艺，是多少女知青眼中的白马王子。更要命的是，他还是当时为数极少的有车一族——一辆二八大梁的老式自行车。

在姹紫嫣红的女知青中千挑万选，他最终选中了一个幸运的姑娘。“幸运”这个词我没用错吧？当年啊，哪个姑娘陪在他身边，都会招来嫉妒无数。

但也正是这位幸运的姑娘，将她的白马王子送进了监狱。

问题就出在那辆二八自行车。准确说是那辆自行车的大梁。

他告诉自己的女友，拥有一辆二八自行车没什么值得骄傲的。他最大的宝贝，其实是一把枪。一把枪！他的女友根本不相信，没有这么吹牛的。民兵连长的枪都是木制的，你一贱民，能有一把枪？

不信，那就证明给你看。他把自行车呼地一下竖了起来，使劲摇了摇。“听到没有，大梁里面，哗啦啦的，就是子弹。”

他把子弹焊在了自行车大梁里。枪呢？枪在老家呢。被他大卸八块，藏在不同的地方。

这一炫耀彻底把那姑娘吓傻了。私藏枪支，这在政治上算什么性质？太可怕了。跟这样的人生活在一起，太恐怖了。

姑娘报告给了连长。

连长报告给了团长。

团长报告给了农场总局。

总局连夜来人把那小伙儿抓走了。作为物证，自行车也被拉走。

子弹从大梁里被倒了出来，一共十八发。枪也被外调人员搜到，只是少了枪托。

他老老实实做了交待：枪是父亲留下的。当年，枪支还可以私人拥有，只需一纸持枪证。父亲本想上交组织，被他拦下，保证一定藏好，不走漏半点消息，哪怕跟最亲近的人。

他得意忘形了。他把这个过于巨大的秘密告诉给了心爱的姑娘，姑娘有点承受不了。能不能这样说：是他自己将自己送进了监狱？

姑娘安全了。他们准备好的婚房却空了下来，就在舅舅隔壁。

出狱前夕，那对上海知青给他腾空了房子，带着两个孩子回城去了。哪怕回城就面临失业，哪怕回城已无立锥之地，女主人拼死也要回去。因为她无法面对自己的前任——她就是他当年的女友。

接下来的故事就有些平淡了。不过还是讲完吧。

三十多岁，虽在牢里历练多年，沧桑感自是少不了的，依然难掩其英俊底色。但那已是八十年代中期了，“万元户”在刺激着人们的神经，一个穷途末路的大龄青年，已很难招徕姑娘的眼光。如此空耗了两年，有好心人觉得他的小院实在太冷清了，便替他撮合了一下，将一个带着两个女儿、又胖又矮的女人介绍给他。他不挑不拣，一下子迎娶进来一家子。

他的小院又热闹起来。后来每次去农场过暑假，他的两个女儿都是我最好的玩伴。大女儿长得漂亮一些，个子也比我们高，但头脑有点简单。小女儿瘦瘦小小的，聪明伶俐，脸上有一小片雀斑。小女儿读书好一些，后来考到了外地的一所专科学校，很少回农场。大女儿只读到初中就回家了，在家里洗洗涮涮。

前几年，大女儿生了个女儿，她母亲也升级做了姥姥。我的意思你明白吧？他们一家四口现在还住在那里，其乐融融的，只是相互间称呼有了变化。当然，如果那胖女人坚持要做一个妻子，她女儿的女儿就没有姥姥了。而那个男人则会再次走进监狱。

那又何必呢？毕竟时代不同了。

在一起，在一起

在国营农场的连部小卫生室，能遇到像夏大夫这样的名医，简直觉得如遇天人。夏大夫医术高明自不必说，连部的大人小孩，甭管谁哪里有不舒服，都会习惯性地说一句“找夏大夫给看看”。仿佛夏大夫就是大病小情的终审法官，病到他那里，治好就是治好了，治不好的，回家等死就是了，不必再治了。

夏大夫来农场时，已是中年模样，成熟，沉稳，不苟言笑。据说他是城里名医，下放来的。别人下放来农场，都是拖家带口的，唯独夏大夫单身一人。其间也有好事者或热心人张罗着为夏大夫介绍对象，但都被夏大夫婉拒。于是有人猜测，夏大夫可能在城里有家。但多少年来，从未见夏大夫回城探亲，也未见有人来农场探访。

夏大夫平时就待在连部的小卫生室。卫生室单独一个小院，前面是山，后面是一洼水塘，偏僻幽静。闲来无事，夏大夫会开着收音机，哇啦哇啦的，一个人呆呆地听音乐或沉思。他不怎么爱跟外人闲谈，病人来了，他也不怎么热情。但外人却对他很热情，因为他医术实在不错，让他打针，根本还没觉得疼，就完事了。

对夏大夫最热情的，莫过于白洁。白洁姓白，人也长得白，在农场，算得上美女一个。白洁在场部小邮局工作，比夏大夫还清闲，有事没事，总爱往夏大夫的卫生室跑。有人说，白洁可能是喜欢上夏大夫了。单从年龄上说，夏大夫差不多可以做白洁的父亲，在那年头，这几乎是一个无法逾越的障碍。但她的确是爱往卫生室跑，这就蹊跷了。白洁说她不是没事找夏大夫闲聊天，她是真有病，找夏大夫给打针的。的确有人撞见过夏大夫给白洁打针的情景，白洁一袭裙子高高撩起，露出半个屁股……其情其景，不免让人邪恶。

连部很小，总共百八十口子人，抬头不见低头见，闲言碎语自是日常佐料。白洁可能被流言骚扰得有点烦了，某天终于高调宣布，自己就是爱上夏大夫了，怎么着！虽然有点惊世骇俗，但流言终被证实，有情人将在一起，大家内心失落之余，表面上还是送上了祝福。

在张罗着结婚的前夕，夏大夫突然被公安带走了。带走的原因很简单：夏大夫因不满社会主义制度和共产党的领导，在公共食堂的墙上写反标。那条反标我也看到了，用白灰刷在食堂的红墙上，字写得歪歪扭扭，内容无非是“打倒”和“反对”。那天来了很多警车，将食堂团团围起，灯火通明地折腾了一宿，最后把夏大夫给带走了。那歪歪扭扭的反标，实在不像夏大夫的字迹。夏大夫可是用毛笔开处方的呀，字能差得了吗？据说经过笔迹鉴定，是夏大夫“左手所书”。

夏大夫最终被判了八年。夏大夫不在了，卫生室又调来一个学兽医的老头儿。据说夏大夫“阴谋反对某某某”的罪行，白洁也曾受到牵连，但被汪连长保了下来。连长说，白洁还年轻，要给机会。于是白洁也从小邮局调到了连部当文书。

连长姓汪，退伍军人，根红苗正。夏大夫进去的那几年，也正是汪连长风头最劲的年头。大会发言小会讲，文攻武卫什么的，汪连长总是冲锋在前。我那时小，并不懂。我尤其不懂的是，白洁也突然变得积极起来，跟在汪连长屁股后面，俨然红人。

没过两年，白洁成了汪夫人。这就尤其让人看不懂了。大人们说，你小屁孩当然不懂啦。知道老夏当年为什么进去吗？还不就是老汪搞的鬼。知道老汪为什么整老夏吗？还不是因为看上白洁了。知道白洁为什么嫁给老汪吗？不知道吧？回家问你妈去。

夏大夫在里面待了六年半就出来了。老夏出来，老汪进去，两人几乎前后脚。老汪是“文革”后作为“三种人”抓进去的，但在里面只待了不到半年，交代完问题就出来了。同样是吃过牢饭的，老夏吃了六年半依然气宇轩昂，老汪吃了半年就瘪茄子了，人整个垮了下来。

老夏出来时，连部卫生室已经被撤销。缘于老兽医给病人输液时，疏忽大意，把病人给输死了。卫生室于是成了老夏的临时宿舍。老夏老汪，两个冤家对头前后院住着，中间只隔着一个女人和一个水塘。白洁或是因心中有愧，或是旧情难忘，还是时不时地往卫生室跑，给老夏做点好吃的拿去。一到大雪天，白洁就会勤快地扫出一条道来，从自家门口直通卫生室。外人都以为，没准这两人又要在一起了吧？但老夏对白洁的热情既不拒绝，也不迎合，似乎已心如止水，只等着落实政策。

没等到老夏落实政策我就离开那里了。前两年听说夏大夫又重返农场，开了家私人诊所，专治性病，已经发了。据说他原来就是看花柳病的，祖传的。他当年倒霉也倒霉在这祖传手艺上。他后来和白洁在一起了吗？没有。老夏在城里是有老婆孩子的，因为政治问题而划清界限，后来又重新复合。那么白洁呢？白洁不在了。她男人把她吊到梁上，然后服毒自杀。

唉，怎么说呢，历史弄人啊。不过，总算都在一起了。

夜晚的疯国王

一大早，太阳还没出来，纪朋的爹就把竹躺椅搬到门廊下，放平了，准备消磨掉新的一天。这条胡同里的老住户越来越少了，年轻人进城，老年人辞世，很多泥墙院落已经倾颓。纪朋的爹已经熬到做太爷的年纪，但他膝下却连个孙子都没有。老纪两儿一女，大儿子已经生了三个闺女，按政策已经罚得快倾家荡产了，不敢再冒险生下去；希望寄托在二儿子身上，也就是我的小学同学纪朋。

纪朋是个好小伙儿，整天笑眯眯的，从不跟人红脸。纪朋的大哥生下两个闺女后，纪朋也顺利结婚了。哥儿俩前后院住着，很美满的家庭，美中不足就等纪朋来弥补了——尽快为老纪生个孙子。刚结婚那两年，老纪整天盯着二儿媳的肚子，期盼孙子早日降临。这一盼就是两年，老纪终于对儿媳的肚子失去了耐心，催促纪朋两口子赶快去县城看看。

那次从县城回来后，纪家的气氛就有些不对劲了。街坊间传言，生不出孩子不是媳妇的错，是纪朋有问题，而且毛病还不小。

但纪朋媳妇不懂，那小丫头嫁过来时还不到十九岁，对男女之事懵懵懂懂。从县城回来后，纪朋的媳妇就闹着要离婚。离婚不久，纪朋就开始足不出户，玩起了自闭。

老纪每天把竹躺椅搬到门廊下的习惯就是那时形成的。在此之前，老纪算是个勤快人，天不亮就背个粪筐子满街转悠，天不过午不从地里回来。二儿子纪朋一出事，老纪也彻底萎了下来，干什么都提不起精神，最后干脆什么也不干，每天就躺在竹椅上晒太阳。

作为纪朋多年的邻居，我在白天也很少能见到他。除了偶尔出来大个便，他几乎足不出户。即使出来，也目不视人，像一只秃鹰，耸着肩膀，满头乱发，蜷缩着，溜着墙根儿，匆匆撒一泡尿，再逃回屋里。开始几年，老纪的老婆还在，还能把身边的两个男人收拾得稍微像点人样儿。但整天面对两个非萎即疯的男人，难免让人郁闷。如此郁闷了几年，老纪的女人便投缳而去。

如此一来，两个男人彻底没人管了，也彻底自在了。老纪的小院渐渐变得像座疯人院，冷清，神秘，外人莫入。白天是老纪值守门廊，一天里的大部分时间他都是躺在躺椅上呼呼大睡，偶尔起来做个饭。晚上则是纪朋的天下，他像一只夜蝙蝠，天一黑就出来活动，作息时间完全与他爹颠倒过来。

刚开始有人说纪朋经常夜间出来活动，大家还不大相信。后来家家户户开始丢东西，而且丢的东西也并不贵重，比如堆在墙外的柴草、晾在绳上的衣物、养在窝里的兔子什么的，大家就觉得奇怪，这偷的也太不值钱了吧？有人就开始怀疑，是不是那个疯子干的？有人趁老纪在门廊熟睡之际，悄悄进了他的小院，打开常年关着的屋门，发现三间堂屋里满满当当地堆放着柴草、旧衣服、破锅烂铁，还有一台没了屏幕的旧电视机。纪朋躲在角落里，裹着一床烂棉絮瑟瑟发抖。

你能拿一个疯子怎么办？再说了，他又没有杀人放火，没偷什么贵重东西，他只不过有聚物之癖。他一个疯子，本身就值得可怜。想想这些，乡亲们也就原谅了他。从此以后，谁家孩子一闹，大人们便说：再闹，纪朋就要出来啦！

想想看，月明星稀之夜，或月黑风高之时，鸡上树，狗进窝，小村彻底沉寂下来，一个国王般的身影开始逡巡他的领地，那是何等的自由自在，何等的乌托邦啊。

也并非每个人都能原谅一个疯子，端赖疯子干出了何等疯狂的事情。有一年，我家东邻老两口一只养了两年的公鸡丢了。就快要到年关了，那只鸡是老两口给城里的儿子留的，肉到嘴边，丢了。老两口遍寻不着，有人提醒：去疯子屋里看看。于是直奔老纪家厨房，掀开锅盖一看，鸡头鸡爪还在锅里，肉还是温的！老两口气不打一处来，指着老纪的鼻子大骂一场——你儿子疯啦，难道你个老糊涂也疯了吗？

如果疯狂到仅止于杀只鸡，还算是个可控的疯子。多年来，乡亲们都觉得纪朋可恨又可怜，自家丢了什么东西，就先去老纪的小屋去翻腾一遍，找得到就要，找不到也就罢了。谁也没想到纪朋最终会干出那么疯狂的事来。

是这样的。村头铁匠的鞋丢了。一双雨鞋，都打过一堆补丁了，穿完放在窗台，夜里不翼而飞。已经是雨季了，虽是破鞋，可还得穿啊。铁匠首先想到的就是纪朋。他绕过老纪的阻拦，直奔纪朋的小屋，一通翻腾，鞋没找到，却找到了一个男娃娃——端端正正地躺在一堆柴草搭成的小窝里，身上还裹着条红毯……

王蝴，你还记得我吗

小丽和小象结婚那年冬天，王蝴正好也放寒假回家。作为村里的第一个大学生，王蝴多年在外上学，很少回家，他差不多已经记不清小丽的模样了。小象他还是记得的，毕竟小时候是一起玩泥沙长大的。没想到啊，几年不见，小象和小丽竟然撮合到一起去了。除了智力相当外，两人完全是驴唇不对马嘴啊。小丽那姑娘，虽然学习差点劲，但也不至于看上小象吧。小象那智力就不说了，单是他那两串常年不化的鼻涕，就够让人欣赏的了。听说小象要娶小丽，王蝴顿时觉得世界有些不真实了。

他们仨是小学同学，同在村头小学读过几年书。具体地说，王蝴和小丽同学了四年，升五年级时小丽留级了；王蝴和小象同学了三年，小象到底留了几次级，王蝴已经记不太清了。至于小丽和小象，一至三年级应该都在一个班，四年级时小丽又等了小象一年。那两个活宝，读完小学毕业回家时，王蝴已经在县城读完初中了。

在王蝴印象里，小丽是个干净清秀的高个儿姑娘，爱笑爱跳还爱脸红，右边有个酒窝。她似乎是最先完成身体发育的姑娘，三年级时就比王蝴还高了。这姑娘哪儿都好，就是学习差点劲，但也算不上最差。王蝴对小丽的印象，也就这么多了。王蝴学习好，对学习差的同学一向没印象。小象呢，不仅学习不给劲，刚读二年级数学就一塌糊涂了，关键是还有点二皮脸，也就是爱耍赖皮，油盐不进的那种。那时候的小学生，男生女生是不在一起玩的，游戏项目也完全不搭界。但小象就爱往女生堆里扎，这让他在男生中间很不受欢迎。

王蝴不清楚，他不在的那几年，小象和小丽之间发生了什么化学反应。总之，两个人是要结婚了。婚礼就在年前举行，婚房都已经收拾好了。王蝴放下行李后，就到小象的新房转了一圈。小象正在糊顶棚，三间砖瓦房，还剩最后一块顶棚没糊好，露着黑乎乎的檩子和梁。看见王蝴进来，小象先愣了一下，赶紧从梯子上跳下来。“没想到你来了哈！”小象将两只脏手在上衣下摆随便抹了几下，伸进内襟衣兜里往外掏烟。小象抽起烟来已经像个老手，而王蝴做了多年的好学生，抽烟的姿势还有些生疏。

“没想到啊，你们俩搞到一起去了！”王蝴冲小象捣了一拳，“结婚时我要来闹洞房啊！”

在王蝴的家乡，闹洞房有不少讲究。首先是讲究辈分，辈分高的不能闹辈分低的；其次是年龄限制，在同一辈分下，年龄大的不能闹年龄小的。如果你辈分低，则无论年龄多大，尽管闹。至于闹洞房的花样，完全没轻没重，扒衣服脱裤子都可以，新郎新娘还不许恼。

离过年还有三天，是举办婚礼的高峰期，婚宴年货一起办，能省则省。白天的婚礼，王蝴没去凑热闹，人太多，插不上嘴。天黑之后，天空开始飘起小雪花，喧闹一天的乡村一下子沉寂下来。王蝴呆呆地望着雪花扑打在风雨灯上，心里觉得空空的。他就要十八岁了，已经读了大学，以后这个乡村，也许再也不属于他了。但小丽和小象这对少年夫妻，也许将终老于此吧。

王蝴踢踏着薄薄的雪溜达到小象的婚房，发现门口全是杂沓的脚印，估计闹洞房的人来了不少。王蝴推门进去，三五个人正坐在婚床边打打闹闹的。小丽被挤在最里面，大红棉袄很显眼，映得脸都红了。看见王蝴进来，小象一边起身递烟，一边招呼小丽："快过来给王蝴点烟！"小丽低着头走过来，一边划燃火柴，一边说："老同学，还记得我吗？"

王蝴觉得脸有些烧，不知是因为天太冷的缘故，还是因为什么。窗外的雪扑打着窗纸，不时有一两声鞭炮声传来。闹洞房的人来了又走，最后只剩下三两个发小。天太冷啦，小象招呼大家钻进被窝里继续聊。小象可能是白天喝多了，一进被窝就呼呼大睡。只有王蝴和小丽是清醒的，他们并排躺在婚床上，轻轻地说着话，恍惚间像是一对伉俪。

王蝴离开时已经快五更了吧，地上的雪积了厚厚一层。北风一吹，王蝴不禁一阵寒战。他已回忆不起小丽都跟他说了些什么，只记得小丽连问了他几遍："王蝴，你还记得我吗？"说实话，他真的对她记忆不深了，毕竟，她只是他某一个阶段的女同学中的一个。但那个吻又说明什么呢？王蝴说要离开时，小丽突然抱住他在他面颊上吻了一下。

也许根本说明不了什么，或者只是小丽的一时伤感也未可知。毕竟，小丽对小象并不满意，但小象家里有点钱，而小丽还有三个兄弟，一段姻缘就这样成了。也许这就是人生吧，良缘与孽缘，哪分得清呢？

能人今喜

今喜是个能人。在生产队，就没有他干不了的活儿。他能犁能耙，会耕会种，劁猪骟羊，配种接生，样样精通。这样的人在生产队如果没个一官半职，简直天理难容。只可惜，今喜出身不好，他爹早年间在乡里悬壶济世，积了点家财，成分划为中农偏上一点，耽误了今喜的前程。

俗话说艺不压身。今喜是个能人，村里处处离不开他。生产队开群众大会，主席台就是一个小饭桌，支在村头大树底下。桌上放一麦克风，绑着红绸子，风一吹，吱吱的噪音让人发狂。大队支书就对着麦克风喊："今喜，今喜来了吗？过来弄一下！"今喜就不慌不忙地从后面走上来，这儿摸摸那儿弄弄，不响了。支书刚喊两句口号，麦克又噪音不断。今喜再次上台，手到病除。后来支书干脆说，今喜你就坐主席台上，别下去了。后来每次开会，主席台上便端坐仨人：支书、队长、能人今喜。

今喜最拿手的，是修理 12 马力柴油机。当年生产队抽水浇地，全靠这种 12 马。一个生产队只有一台，赶上天旱，柴油机几乎彻夜不停，出毛病也在所难免。抽水浇地是好活儿，一般轮不上今喜，但机器一出毛病，大家首先想到的是今喜，赶紧将他从别的工地上叫过来。我还从没见过一个人对修理机器那么痴迷的，那真是全神贯注，人机融合无间。哪里需要清理，今喜从来都是直接用嘴吹；哪里需要擦拭，等不到找抹布，直接就在衣服上擦了。往往修理一次机器，今喜全身上下几乎“体无完肤”，比机器还脏。今喜对此有着巨大的满足感，逢人便讲，这次是机器的哪个部件坏了，或哪个功能周转不灵了。

有一年，队长王闯的老婆难产，那小媳妇干号了一晚上，也没有生出来，眼看就要出人命。那时候女人生孩子，还不兴往医院里送。是个女人就会生，这观念根深蒂固。王闯把会接生的王婆叫来，折腾了半夜没折腾出来；接着又把李婆叫来，两个老太婆齐心合力到天亮，眼看媳妇的叫声越来越小，终于胆怯了，跟王闯说，快送医院吧，再不送医院恐怕要出人命。医院离村四十里，连个拖拉机都没有，怎么送？这时候，王婆就想到了今喜，试探着跟王闯商量：要不让今喜试试？王婆的意思是，只要男人答应了，女人无所谓。王闯稍一犹豫，李婆又在旁边补了一句：“两条人命啊，死马就当活马医吧！”

王闯把今喜从被窝里叫起来，递上根烟，说明来意。今喜立马就一激灵：“哥啊，那哪成啊，俺只给牲口接过生，那可是俺嫂子，俺不敢！”王闯急了，把李婆劝他的话重述了一遍，又加重语气说：“人和牲口一个理儿！哥都不怪你，你还怕个屁！救人要紧!”

今喜一百个不愿意，但还是去了。我说过，今喜这人，干什么都十分投入，修机器能修得人机一体，接生也接得物我两忘。天刚蒙蒙亮，王闯家老大就出生了。今喜照例是浑身上下血迹斑斑，一边接过队长递过来的烟一边缩着脖子说：“哥啊，恭喜你啊！我可是啥都没看到哦!”王闯就一句话：“兄弟，今个儿多亏了你。你替哥保密。”

俗话说，纸里包不住火，有王婆李婆在，就没有不透风的墙。渐渐地，今喜替王闯老婆接生的消息传得满天飞。王闯脸上有点挂不住了，除了动不动就揍老婆外，便开始给今喜穿小鞋。有一次，12马又出了问题，今喜趴在机器上鼓捣了半天，还是不灵。王闯走过来，一脚把今喜踹翻，还叫来几个民兵，把今喜捆了，游街。罪名是“破坏社会主义建设的坏分子”！再后来，哪里需要大修小补的，再也不让今喜动手了，或是直接去公社请技术员，或是就让它在那里坏着。

今喜顶了个坏分子的帽子，有劲没处使，有媒人也不敢进他家门。眼看着，今喜就奔三十去了，离打光棍不远了。今喜对打光棍似早有心理准备，也能安之若素。但有劲没处使，最让一个男人消磨意气。技痒之下，今喜开始在家里鼓捣半导体，自己买零件，攒了台收音机。在遍地文盲的乡村，今喜的这个手艺简直惊若天人。惊人归惊人，还是没有姑娘愿意上门。奔三的老男人是一个因素，一个大男人为别的女人接生，也很难让村姑们释怀。

“改革开放”被人传颂了三十多年，这四个字的确改变了无数人的命运。随着人民公社的取消，今喜的手艺也渐渐派上用场。他在集市上开了个修理铺，腰包渐渐鼓了起来。唯一的缺憾似乎就是差一个女人了。而事实上，今喜从来就没缺过女人，只不过没有公开罢了。当然，这样横插一句，有违叙事学的原则，但小文眼看就要结束了，再不揭示谜底就来不及了。今喜的女人也就是队长的女人，他们已暗通款曲很多年。用那女人的话说：“嫂子欠你，嫂子还你。”

辑三

在社会上

1

大学毕业后，我在社会上漂了一段时间。“在社会上”的意思是：还没有一个正式的“单位”接收我。

说没有单位接收，是不真实的。毕竟那还是在1990年代初期，大学生“天之骄子”的光环还没有散尽，大多数学校还是负责毕业生分配的。我读的那所大学，大多数人毕业后是要做教师的，中学教师或大学教师。我被分配到天津的一所军校去教书。到天津去的原因是，我女朋友的家在那里。这差不多是唯一的原因。和很多毕业后就劳燕分飞的大学生情侣不同，我交往的第一个女朋友，就被我认定为是唯一的结婚对象。不以婚姻为目的的恋爱都是耍流氓，我那时还是比较“纯洁”的。因此，为了爱情和婚姻，甭管是军校还是技校，我都愿意去。

前来面试我的是一位海军大校。那天我正躺在宿舍的床上睡懒觉，一个一身戎装的老先生推门进来。“哪位是高明亮同学？”我赶紧从上铺探出头来，说：“我就是。”“我从你们学校学生处了解了你的情况，对你很满意。”他说。我说：“对不起，等我起床我们再谈。”我套上一条短裤，跟大校并排坐在下铺的床沿上。“听说你写作不错，我们写作教研室正缺人，你到那里大有可为。”大校一边说着，一边抽出一张名片递给我，一串头衔。我能记住的是：海军大校，作协理事。我说：“我还不太了解咱们学校。”“咱们学校是总政治部直属的高等军事院校……”大校一口气给我介绍了一串学校的情况，如数家珍啊。我能记住的重点是：我一进去就是中尉军衔，然后上尉、少校、中校、上校、大校……一路晋升。“当然，一般情况下，能升到大校基本上就到头了，能否当上将军，要看你的造化。记住，你每晋升一级，你所享受的待遇都会随之改变，比如工资、奖金、住房。”“听说军队里连内裤都发。”“那当然。”大校笑了。

毕业前夕，各种酒局，各种颓废，各种悲欢离合，我和女友都躲开了。女友分配到天津的一所普通高校去教书。我去军校。两个人就等着派遣通知书到手，然后奔赴新生活。

那时候毕业分配，学校还发给每人一定数量的派遣费。我和女友分别领到不同数量的派遣费，出发了。我一直以为那所军校就在市区，地址上写着“塘沽区”，不是某某县，自然是在市区嘛。女友说，那里既不是郊区，也不是郊县，而是离市区比较远的市区，你要考虑清楚。可是，毕业在即，我已经来不及考虑了。

到了天津，发现不对，塘沽虽然也称区，但不在市区，是比郊区还远的郊区，远在海边。想想自己也真够笨的，海军嘛，自然是要在海边的。只好下了火车，再坐另一趟火车，去海边。

一个多小时的火车到了海边，打听到学校的地址。转了两趟公交车，在离海河入海口不远的地方，找到了学校的大门。门口有岗哨。出示证件，理直气壮，已经有主人翁的底气。校园里安静得出奇，转了一圈，只见到几个卫兵，操场整洁，对着大海。正是下午两点，问哨兵：人呢？曰：在午睡。再问：所有人都在午睡吗？曰：不吹起床号就必须午睡。闻之大惊，想我闲散之人，哪受得了如此束缚？遂溜之大吉，没去报到。

没报到的另一个原因，还是觉得路途太远。一个郊区一个市区，两地分居的苦况被我和女朋友反复推演，遂决定：先不报到，等学校重新分配。

这件事，我们都想简单了。

2

来到一个新城市，人生地不熟，主要是，没有工作单位，就没有组织关心，连个住的地方都没有。一开始女友借了一间邻居的房子，住了几天，但终不能长久。只好先搬进女友家里，在客厅搭了张行军床。这样也不行啊，毕竟两个人还没结婚，邻居的眼光总是怪怪的。

当务之急是赶紧落实新的工作单位，只要有了单位，就会有工资，就会有住房，就会有组织关心。

女友起先联系的一家杂志社，突然来了消息，准备找她谈谈。

可是，女友已经有单位了，不可能再去杂志社。女友便想推荐我去。跟杂志社领导一谈，那边满意得不得了。名牌学校毕业，会写作，又是个男的。妥了，赶紧办手续吧。我最后跟领导摊牌，我已经被分配到军校教书了，但是还没去报到，需要学校改派工作单位。改就改嘛。领导也觉得是小事一桩。

抓紧时间办，好事不能多磨。赶紧坐火车回学校，找到管毕业分配的吴老师。“你不是已经被分配走了吗？”吴老师还记得我。我说：“是啊！我已经被分配走了，但我不想去那个单位，想换个单位。”“还没工作就想着换单位，这样不好。”我赶紧解释为了离女朋友近一点以后不想两地分居之类的。吴老师虽然口头上责备着，但也并没有拒绝我。“新单位是哪个？”我回答说哪个哪个。“原来分到哪个单位了？”我说军校。吴老师一听军校，手头的活儿也停住了。“军校？军校不好办。军校我不能给你改派。”吴老师一连几个不，我也愣住了。那怎么办？“怎么办？除非军校主动答应不要你，退回来，我这里才能改派。”

第二次去军校，我先去找了大校。大校看见我来，张开双臂表示欢迎。“哎哟，可把你盼来了。”我说：“真是不好意思，大校，我想换个工作单位。主要是因为这里离市区太远了，我不想……”大校没等我说完，脸已经沉下来了。“怎么着？要我是吧？我辛辛苦苦要来的高才生，还没报到就要走？你让我脸往哪搁？”

看着大校失望的表情，我也感觉很愧疚。大校那里肯定是行不通了，我就去找学校的人事部门。人事部说这事他们不敢管，需要找政治部。政治部说这是原则问题，不是说走就走说来就来的，需要研究。研究的结果是：原则问题，不是小事，不能说走就走说来就来。

就这样，我被吊起来了，两头不着地。

3

我得说，女友一家对我真的很好，我至今仍心存感激。住在人家家里，没有工作也没有收入，人家不嫌弃我，我自己都有点嫌弃自己了。不能老这么干吊着等啊，生活态度必须积极一点，至少先找点活干吧。

翻了几天当地的报纸，车钳铣刨全不会啊，想我大学毕业，也不过是百无一用。在招聘一栏里找了几个广告公司的招聘信息，策划文案业务员什么的，准备一一前去应聘。

真是有意思，那年头，广告公司突然遍地开花，就像几年后洗浴业突然兴旺起来一样。那时候，个体公司刚刚开始兴盛，全民开公司，大小老板遍地走，个个像打了鸡血，谁都想扑上去咬别人一口。废话少说，先说应聘的事。大多数广告公司都是招聘业务员，基本无底薪。所谓业务员，就是到处跑拉广告的。再怎么落魄，这种活儿也不能干，怎么着也是大学毕业。找了几个策划、文案、文秘的活儿，在地图上画好路线图，准备去碰碰运气。

第一个应聘的是高级广告策划。“高级”通常都是个噱头，提醒自己要小心。按招聘信息上的地址一路找过去，是一家酒店。

公司实力不错啊，专门在酒店里开房招聘。敲门。302有人吗？过了一会儿，门开了。一屋子的男男女女，七八个人，像是刚起床的样子，被窝儿还乱着。请问这里是招聘广告策划人员吗？是，但是策划已经招满了，现在主要招业务员。什么业务？电视剧广告。也就是最令人讨厌的电视剧片头、片中、片尾无所不在的广告。原来并非正规的广告公司，而是一个草台班子剧组，电视剧还没开拍，就开始招人马拉广告了。

第二家是个小广告公司，在一家小学的围墙里搭了一间办公室，三五个人，业务也不多，貌似很清闲。老板四十上下，挺拔干练，但总是睡眼惺忪的样子。问了一串问题，哪里毕业的，什么专业的，有没有工作经验等等。最后说，你明天来上班吧，月薪三百，加班一天十元。我一口答应下来。心想，三百就三百吧，先干着再说，毕竟是第一份工作。

前面说的不准确。公司一共五个人，算上我六个。老板，“姐夫”（脸长得大众无比，骑一摩托车，打杂，大家都叫他姐夫，也不知道他具体是谁的姐夫），会计小李（女，20岁左右，先我几天到公司，一个白白胖胖的姑娘），业务员袁小姐（她坚持让大家叫她“袁小姐”，不许叫“小袁”或“袁姐”。看不出具体年龄，也不便问），还有一个也是老板，但不常来公司，他另有公职，在市工商局当科长，我们叫他毛科。

我的工作很清闲，因为实在没什么业务。公司兼着经营印名片，我现学现卖，负责设计、打样、裁切，一条龙。那时候老板多，印名片的也多。广告业务只有一单，搞全市的乡镇企业评比，也就是挨家去企业收钱，然后在当地日报上买一个版集中宣传。评比是小事，主要是收款，能交款的就都是优秀的。袁小姐负责去催款，坐着“姐夫”的摩托车，每天在郊区转来逛去，一家家企业跑，靠点谱的就喝一场酒。因此，袁小姐经常醉醺醺地回来。这项业务其实是仗着毛科在背后使力。我的任务是等着收够一个版的钱，做好版式设计送到报社去。直到我离开那家公司，这项业务似乎也没有凑够一个版。

有一天公司开了个小会，毛科提议，公司不能吊死在一单业务上，要积极开辟新业务、新战场。大家集思广益，打起了女厕所的主意。公共女厕是个多么好的广告载体啊，可以做手纸、卫生巾，甚至婚恋广告，好像还没有人注意到这个商机。于是拍板，由我主办，姐夫协助，先把全市大大小小的公共女厕拍照，然后再去找广告客户源。于是，有一段时间，每天一到公司，便坐上姐夫的摩托车，脖子里挎着一架相机，满大街小巷地转悠。公厕一般都成双成对，有男厕就有女厕。一般先由姐夫去女厕门口问候几句，“里面有人吗？有人没有？打扫卫生！”然后朝我一挥手。快速闪进女厕，“啪啪啪”一通拍，再启动摩托，闪人。

4

我在广告公司打工的那段时间，虽然平时有了活干，心中焦虑稍平，但终究不是长久之计。期间，杂志社也一直在催问，事情办得怎么样了？到底卡在哪里？如果再不能定下来，可能就要考虑其他人选了。不得已，决定跟公司请假，再到学校去问问，也许过了那么长时间，学校会松口放人呢。

那天拍了几间女厕后，回到公司，跟老板说，家里有点事，请半天假。老板说："说什么请假，半天时间，有事就去办吧，不扣工资。"我赶紧打车往火车站跑。白天的票全部卖完了，只有夜里十一点多的。火车开到北京南站，已经半夜了，公交早已停运。反正大半夜的到了学校也没住处，干脆在火车站找家旅馆住下吧。

在火车站广场找了个小旅馆，四人间，八块钱一张床。推门进去，一股浓烈的脚臭味，其他三张床上已经鼾声连天。也没开灯，黑暗中摸索到自己的床铺，拉开被子，穿着衣服钻了进去，被子又潮又臭。想想好好的工作不去，在社会上瞎折腾，不禁悲从中来。

第二天一早赶到学校，管学生工作的吴老师还没来。等了一刻钟，在门口碰到了吃着早点来上班的吴老师。

"你怎么又来了？"吴老师已经认识我了。

"还是那件事，新的用人单位等着我去报到，吴老师能不能帮帮忙改派一下？"

"早告诉你了不可能，那是部队院校，谁也不敢动。"

"吴老师，求求你，帮帮忙，我都在社会上漂了两个月了。"

"那是你自找的，好好的工作单位不去。"

"那不是因为什么吗，因为……"

"因为什么也不行，我没那个权力。"

“那您看还有没有其他途径？”

“其他途径……”吴老师沉吟了一下，“除非让当地的教卫委出面。”

“什么？”一个新名词，我没有听清楚。

“教卫委，教育卫生工作委员会。”

教卫委，教卫委。我一路念叨着赶回了天津，像捧着一根救命稻草。

回来后，跟杂志社的领导汇报了一下情况。这次赴京的唯一成果就是听说了一个教卫委。杂志社的领导说：“嗨，早说呀！教卫委，这好办，咱们杂志社就归教卫委主管，我们去反映一下，你等消息吧。”

5

我这人比较悲观，最怕“等消息”三个字，一般等来的都不是好消息。

果不其然，一直没等来消息。坏消息也没有。只好少安毋躁，在广告公司先待着。

广告公司虽然就四五个人，但关系似乎并不简单。老板虽然名义上是老板，但不常露面的毛科权力似乎更大，很多事情需要他亲自拍板。姐夫平时只负责开摩托、买午餐，另外就是接送袁小姐上下班。袁小姐一直闹着要走，她觉得公司平台太小，难以施展自己的才华。“除了喝酒就是喝酒，真没意思。”老板倒是愿意让袁小姐赶紧走人，但“姐夫”一直在挽留。因为这个，两个人还在公司吵了一架。

我平时跟会计小李的关系比较紧密一些，老板不在的时候，经常聊天。小李比我先来几天，也算是新人。新人之间总有些共同话题。小李经常替我惋惜：“你一名牌大学毕业的，怎么在这样的小公司待着？你亏不亏？”我说不亏，先干着。我没告诉她改签工作单位的事，太闹心。她说招聘时老板答应她每月五百，结果每月只给四百，她不太想干了。我心想，比我的还多啊。有一天，趁老板不在，她突然问我：“你说老板什么意思？总说晚上请我出去吃饭，都被我推了。有一次手还不老实，趁说话的工夫，手放在我肩膀上一直不拿开。”这一幕我倒是看到过，不过，准确地说，手不是放在肩膀上，而是放在脖子上。小李姑娘长得胖胖的，脖子上的肉很白，老板的大手放上去，半天没舍得拿开。

老板喜欢对女员工下手。我刚来公司不久，有一天一个中年妇女闯了进来，一进门就咋咋呼呼：“你说这事怎么办吧？你今天必须要给我个说法！要不我跟你没完！”老板赶紧把她让进了经理室，关上门，两个人在里面吵。我隐隐约约听到的，都是那妇女的声音。“已经怀孕三个月了……她才 20 岁，以后怎么做人……你必须……”听不清老板的声音。吵了半天，那女人气呼呼地推门出来：“就这么说定了，三万，一分不能少。”

小李了解内情，因为那女人跟她讲过。“她女儿是公司原来的会计，被老板那个了，她让我也小心点。”我说，小李你是应该小心点啊。“我怎么小心?”比如说，别穿那么暴露。“我穿得暴露吗?暴露吗?”她边说边站起来，揪着自己的裙子往下拉，也才刚刚盖过屁股一点。

毛科这人有意思。此人生得高高大大、蠢蠢笨笨的，自称喜欢文学。偶尔来公司一趟，正事不干，就坐下来跟我讨论文学。有一次，他吹嘘自己有一套绣像版的《金瓶梅》，我不相信。我知道学校图书馆里倒是有，据说只有教授以上职称的人才能借阅。过了两天，毛科居然把自己的《金瓶梅》带来了，一套十几本，用报纸裹得严严实实的。香港金陵版的，内地盗印本，但图像还算清晰。不得不对其刮目相看啊，毕竟是官场上的人。

6

拍完女厕所后，公司彻底没活干了。老板让我把拍摄的女厕照片洗印出来。一张张看还不觉得太恶心，当几十张上百张充斥着各种排泄物的照片排列在一起后，我的生理底线彻底被摧垮了，忍不住要吐。老板倒是看得津津有味，一张张琢磨着，希望能从中发现商机。

我已经在这个小公司干了两个月，工资加加班费，领到了630元。小李说得对，这么干下去，太对不起自己的文凭了。我觉得更对不起的是女朋友，吃住都在人家里，每月挣这么点钱，哪还有脸在那里待着?思来想去，我决定再找一份兼职。

兼职找得很顺利，拿着报纸上的招聘信息，第一个电话打过去，对方就同意见一见。

还是一家广告公司。老板五十开外，五大三粗，东北口音，姓毕，很像我中学的语文老师。老毕在一家居民楼一楼开办的小饭馆接待了我。小饭馆的门开在楼道里，要从马路上进饭馆，需要先上几级用三角铁焊制的阶梯，再从窗户钻进去。窗口挂着一个小招牌：四川风味小炒。我进去时，老毕已经点完菜，小炒肉，熘肥肠，麻婆豆腐，拍黄瓜，两瓶老白干。老毕身边坐着一男一女。一落座，老毕向我介绍其余两位：女的，姓白，二十多岁，高大，有点胖，说话有点大舌头，“董事长秘书，白秘。”男的，瘦高，沉默寡言，木讷，“公司副总，叫刘总就行。”老毕自我介绍：董事长兼总经理。我毕恭毕敬叫了声毕总，老毕赶忙说，以后熟了都是兄弟，在家里就叫老毕。我问老毕公司都具体做什么业务，老毕说，先吃饭，慢慢聊。我再问老毕，我到公司具体能干什么，老毕说，就要你这个大学毕业的身份，干什么都好说。我说我只能做兼职。老毕说，我们就是要找兼职的。我最后试探着问了下待遇问题，老毕大手一挥：先喝酒！什么待遇不待遇的，事成之后，亏待不了兄弟！

我心里一惊。

那顿饭吃得比较漫长。主要是酒喝得漫长。白酒我不能喝，老毕给我叫了瓶啤酒。那两瓶老白干，老毕喝了一瓶，老刘看来不太能喝，勉强喝了二两，剩下的全倒给了白秘。喝到最后，老毕已经摇摇欲坠，脸由红变白，由白变黑。白秘一开始还能支持，后来直接倒在了老毕怀里。“老毕，你到底喜不喜欢我？”“喜——欢。”“喜欢就亲一个。”吧嗒。“老毕，你要是再欺负我，我就告诉我爸！”“不能。我和你爸那关系，哪能欺负你？”两人搂抱着腻了一会儿，白秘开始呕吐，鼻涕眼泪一起下。老刘陪着白秘去了一趟厕所，回来后，老毕已经趴在饭桌上睡着了。

最后老刘冲我挥挥手：“兄弟你先回吧。”

跟老刘告别后，回到熙熙攘攘的大街上，突然感觉很不真实。该不会又是个骗子公司吧？越想越觉得不靠谱。回来后，就把这档子事放下了。

7

杂志社一直没来消息。打电话问了几次，都说是快了，已经找过教卫委了，工委王书记已经交代过了，让我耐心再等等。

广告公司依然没有多少事情好做。姐夫和袁小姐依然每天骑着摩托出去跑业务，我和小李守在公司，偶尔接两单名片生意。老板不经常到公司来，他家就在公司隔壁的楼上，有什么事随叫随到。

那顿饭之后，老毕那边也一直没有消息，我就想当然地认为彼此肯定不会有什么瓜葛了。突然有一天，我刚到公司，小李说有人打电话找我，姓毕，待会儿还会打过来。

果然是老毕。全天下姓毕的我就认识这一个。电话中他很兴奋地告诉我，有一单大业务，需要兄弟出马。我问是什么业务，老毕不答，只是说周末跟他去趟北京，到了就知道了。我正犹豫，电话挂了。

周末我一般到公司来加班，与其在女友家闲待着，还不如到公司待一天，反正也没什么活儿干。周六临下班前，老毕又打来电话，说明天出发去北京，七点半火车站碰头。

起个大早，赶到火车站，老毕已经站在进站口，远远地冲我招手，意思是票已经买好了，让我直接进站。依然是三人行，老刘、白秘作为老毕的左膀右臂。老毕那天捯饬得很有派儿，深色西装，领带，蛤蟆镜。老刘还是那副猥琐相。白秘也颇费了番心思，脸上补了不少粉，短裙齐着大腿根儿。刚一落座，老毕给三个人开了个会：此行任务重大，只许成功不许失败，各自要扮演好各自的角色。并重新安排了角色：老毕依然是毕总，白秘是总经理秘书兼北方事务部主管，老刘司机兼保镖，“老刘，委屈你一下，待会儿你也把墨镜戴上。”老毕特意嘱咐。我，总经理助理兼企划总监。

下了火车，老毕跟北京的朋友借了一辆子弹头商务车，四个人直奔中关村。目标是一家生产“小秘书”掌上机的电脑公司。一路上，白秘不停地操着东北口音的普通话通知对方，毕总一行已到哪里哪里。对方自然是高接远迎，安排各种参观、座谈。老毕像行家一样偶尔点头微笑，并不时插话。遇到困惑的地方，就稍稍转过头来看着我，意思是让我接招。我哪懂那些呀，我一学中文的。我也点头微笑，蒙混过去。

商务谈判安排在餐桌上进行。我方四人，对方五人，六男三女。老毕的意思是，要把“小秘书”的北方销售代理权拿下来。“我今天带来的团队你也看到了，都是精兵强将。我公司的实力你们尽可放心。”代理销售，对方自然乐意。老毕要求附加一份广告代理合同，他来负责对方在北方地区的广告投放。谈判卡在这里，差点就要谈崩。老毕使出最后一招，喝酒。“喝酒、喝酒”，大家互相招呼着，餐桌上顿时又热闹起来。

问题就出在喝酒上。先洋酒后白酒。老毕对洋酒兴趣不大，因此酒局的前半程尚能应付自如。后半程换上五粮液，老毕就彻底放开了，越喝越兴奋，西服上衣也脱了，领带也扯了。老刘因为新身份是司机兼保镖，白酒根本没沾，洋酒也是浅尝辄止。我本就不胜酒力，两杯洋酒就晕乎了，首先败下阵来。白秘在洋酒阶段就有些喝高，跟对方频频举杯，老刘想制止但已经来不及。喝到白酒的前半程，白秘干脆坐到了老毕大腿上。中间，老刘陪着她去了趟洗手间。到了后半程，就彻底喝到老毕怀里去了。

这场局算是一败涂地了。四个人丢盔弃甲地回到火车上，老毕已经清醒过来，嘴里不停嘟囔着：“不该不该，兄弟不该。”白秘彻底喝大了，趴在老毕肩上，一会儿哭一会儿笑，一会儿说老毕欺负她，一会儿又在老毕脸上亲一下。老刘始终清醒着，还不时帮频频走光的白秘扯扯裙子。“不该不该，兄弟不该……老刘，那台赠送我们的‘小秘书’放哪里了？”老毕突然想起了什么。“放心，已经放包里了。”

还是老刘让人放心。

8

转天去公司，老板吃着早点进来了。脸色不太好看，敲了敲我的办公桌："你进来，我跟你谈一谈。"

我随老板进经理室。经过小李的办公桌时，她诡秘地向我挤挤眼睛。不知道她什么意思。她倒是经常被老板叫进去谈心，我这还是第一次。

"在这里干感觉怎么样？"

"挺好啊，挺好。"我拿不准老板什么意思。

"有没有觉得屈才？"

"没有没有。"我屈才吗我？我也就是暂时在这里混混吧，时间长了还真受不了。

"待遇满意吗？"

"挺好的。"其实我不满意，满意了还会去找外快吗？

"真挺好的？"

"真挺好的。还有加班费什么的，现在社会上很少这样的……"

"你觉得我对你怎么样？"

"挺好的，请假你也没扣我工资。我跟小李还说呢……"

"你别提小李，今天就说你，你有没有做什么对不起我的事？"

"那不会。"

"真的不会？"

“那肯定不会。”

“胡说!”

我愣住了。

“说说，昨天干什么去了?”

“昨天不是周末嘛，周末……”

“我知道是周末，我问你周末干什么去了!”

……

去你的吧，老子不干了。我摔门出来，收拾干净了办公桌上的物品。因为待的时间短，几乎没什么个人物品。到小李办公桌前，她已经把我的工资清算好了，装在一个信封里，薄薄的，像空的。除了小李，也没有人可告别的。“姐夫”和袁小姐还没回来，毛科最近也难得一见。只是，他那套《金瓶梅》还在我手里，要找个机会还他。

9

深秋是北方最美好的季节，我却在女朋友的家里郁闷了差不多一个月。快入冬时，一直苦苦等待的消息终于来了。还好，不是坏消息。领导在电话里说，恭喜你，终于办成了。你知道吗，你的事是市委常委亲自过问的。

我不懂什么常委。我高兴的是，终于彻底结束了在社会上飘荡的生活，有一个单位可以依靠了。单位虽小，但它是那个巨大的有机体上的一部分。小单位之所以能为你负责，是因为有个大家伙可以为那个小单位负责。一旦你成为其中的一员，你就是那张巨大的蛛网上的一只小蜘蛛了。虽然你可能只拥有其中的一根线，但是没关系，条条蛛丝通罗马。

哦，罗马！

整个冬天，拥有新单位的兴奋感一直伴随着我，在社会上的那段经历很快就被我忘到脖颈后面去了。临近春节时，突然来了一个长途电话，是从深圳打来的。

“猜猜我是谁？”一个女声。

“你是……那个谁吧？”我没听出来。心想，我深圳也没朋友啊。

“这么快就把我忘了吧？我就知道！我是小李！”

“小李……”我的脑神经快速连线，搜索，终于想起来了，“是你呀，小李！电话里听着不太像。你怎么去深圳了？”

“你走不久我就辞职了，然后就到深圳来了。还是南方好啊，机会也多，也没那么多猥琐的老板……”

小李一口气说了一堆话，大概是因为长途话费贵，她不仅说话不加标点，很多事在叙述上也尽量简略。

“你知道吗老板的公司关了不过他又开了一家新的。你还记得毛科吗毛科就是工商局的毛科他进去了。”

“啊？进去了？”我一愣，差点说出来我还没还他那套《金瓶梅》。“怎么进去的？”

“经济问题呗。”

“那倒是。早晚的事。”

有一件事我一直想知道，但没好意思问，怕跟小李有关联。就是老板怎么就知道了我周末兼职的事？因为我当时接电话时，只有小李在旁边，难不成是小李告诉老板的？

没想到，我没问，小李倒先说了。

“知道你为什么被老板开了吗你傻呀你在公司接那种电话老板的电话是子母机他在家里就能接听公司的电话！”

我一时无语。

“你还是社会经验太少了你不适合待在社会上混你现在这个单位挺适合你的说实话。”

小李说了半天，我一直没机会插话。喘了口气，她转了个话题。

“袁小姐和‘姐夫’也一块儿走了。”

我问她“一块儿”是什么意思？

“就是在一起了。”

“‘姐夫’不是已经是‘姐夫’了吗？”我的意思其实是，他不是已经有老婆了吗？

“袁小姐也不是什么小姐呀，她都有孩子了。”

哦哦，那两个人倒是般配了。可“姐夫”到底是谁的“姐夫”？

“他说他是公安局长的‘姐夫’，哈哈，谁信呀！”

亲爱的舅舅你好

母亲叫醒我的时候，我正在做一个关于火车在天上飞行的梦。几节绿皮车厢连在一起，像一条巨龙一样，在云雾里“突突突”地上下翻飞。我从惊恐中醒过来，揉了揉眼睛，想把这个梦讲给母亲听，嘴张了一下，没出声。我不想让母亲太担心。

离天亮还有段时间，堂屋里亮堂堂的，我发现母亲把过年的灯烛提前点上了。外面在下雪，屋顶上、柴垛上、刺槐上都顶着厚厚的雪。风一吹，雪从门缝里灌进来，直往灯烛上扑。路上要穿的衣服母亲已放在床头，一条单裤，一条棉裤，棉裤外面又一条单裤。一件秋衣，一件毛线衣，一件棉袄外面再加一件单衣。母亲说东北很冷，把能穿的都穿上吧。我也知道东北很冷，零下几十度，但仅限于概念，从未曾经历。

真的要走吗？昨天夜里，母亲站在床头还这样问我。真的要走了。走了之后会怎样？这个问题我没有认真考虑过。也考虑不清楚。但，走是肯定的。

穿衣下床，我感到自己笨重得像一头小熊，移动起来都有些困难。弟弟妹妹们还在熟睡中。母亲在厨房里准备早餐。父亲在灯光下擦拭他的那辆二八金鹿自行车，我的几件行李他已捆扎完毕：叔叔给的一个旧帆布包，里面装着一些旧衣服、山芋干和香油；一个布书包，里面是我的课本。我想过去跟父亲说几句话，但他既没抬头，也没有要跟我说话的意思，只是不停地叹气。我对唉声叹气条件反射般敏感，赶紧回转身，又回到床头坐下。

接下来，我不知道该干点什么。弟弟睡得正熟，我不忍心叫醒他。昨天躺在被窝里，弟弟还问我："哥真的要走吗？""哥真的要走。""不走不行吗？""不行。等你长大了也要走。""哥你走的时候叫醒我，我去送你。"我赶紧用被头捂住嘴，生怕自己哭出声来。

雪光下，父亲的自行车已被他擦得铮亮，但他还在不停地擦。我有些疑惑。外面下那么大的雪，出去一趟不就又弄脏了吗？也许在这离别的时刻，父亲也不知道该干点什么，于是就不停地擦他那辆自行车。

关于这辆自行车，我清晰地记得它的来历。那是春天的一个周末，我从学校回来，父亲找到我，让我代笔给舅舅写封信。"就说家里需要一辆自行车，但是买不到，让你舅舅帮忙买一辆托运过来，写清楚：二八—大梁—金鹿牌—自行车。"

于是我写：

亲爱的舅舅你好：

最近还好吗？身体都很健康吧？工作顺利吧？

今去信不为别的。父亲想要一辆自行车，但老家买不到，想让您帮他买一辆托运过来。一辆二八—大梁—金鹿牌—自行车。

家里一切都好。弟弟们也很好。

此致

敬礼

您的外甥：小亮

这样的信我已写过不少，一般都是替母亲写。母亲不识字，一开始是央求父亲帮她写，父亲读过高小，写信不成问题，但母亲的一些话，到他笔下就会发生变化。等我读到二三年级，稍微认识些字了，母亲便不再央求父亲，而是鼓励我帮她写。我当然愿意效劳，遇到不会写的字就用拼音代替。每次写完，母亲便让我读一遍给她听，我至今仍记得她听读时的表情，眼睛一下子亮了，像盲人突然看到了光。

自行车寄过来时，已到秋收时节。这期间书信往还，自是费了不少周折。起初舅舅来信，表示不能理解，为何买辆自行车还要费如此周章，何不在老家买一辆，又不是买不到。父亲让我跟舅舅解释，老家虽能买到，但质量不好，主要是买不到二八—大梁—金鹿牌—自行车。舅舅仍然表示不能理解，说托运费很贵，都能买半辆自行车了，太浪费。父亲又让我给“亲爱的舅舅”写信，并特别注明“弟弟还小，要经常带他去县里的医院看病”云云。舅舅曾经告诉过我，在给他的信里不要提“弟弟”的事情，于是我给“亲爱的舅舅”写信时，一般不会提“弟弟”，即便提及，也总是写“弟弟们”。但这一次，父亲特意告诉我，就说“弟弟”需要这辆自行车。于是，父亲就在秋收季节得到了他的这辆二八—大梁—金鹿牌—自行车。

准确地说，父亲起初收到的只是一张来自邮局的汇票，要拿到自行车，还需要自己到铁路上去取。最近的火车站，离家也有五十里路。那次，是我被动地承担了这项任务。父亲起初有些不放心，但看我信心满满的样子，也就放手了。他不放手也没办法，总不能让母亲去吧，一个妇道人家，没出过远门不说，还大字不识。为什么他不去？因为他受伤了，正在床上躺着。秋收前，他就把自己弄伤了，伤了后脚跟。说来蹊跷，他抡着一个大锛砍树，想把一棵已经伐倒的杨树的树根削平。他抡起大锛一下一下地，锛从头顶落下，按其轨迹，至多也就能伤到脚趾、脚面、脚踝、小腿，一个人怎么会用锛把自己的脚跟伤了去？我百思不得其解，而父亲经常会干这种让人不解的事情。

我叫上几个小伙伴，各自揣着家长给的几元钱，就上路了。那是我们第一次出远门，第一次乘坐长途车，一路兴奋地叽叽喳喳，讨论着火车的模样。早晨出发，中午时到了火车站。没来得及取货，先赶去看火车。那个小站太小了，难得有一趟火车路过。透过小站候车室的玻璃，我看到一节绿房子一样的铁皮车厢，孤零零地停放在铁轨上。那就是火车吗？没见到火车头，也没有想象中的长，我有些失望。但我看到了铁轨的模样，在阳光下锃亮，伸向无尽的远方。难道火车走到哪里，铁轨就要铺到哪里吗？我感到不可思议。我和我的小伙伴们都有些惊呆了。

我和伙伴们从站房里取出自行车，是一个桦木板钉成的大木箱，四个人吃力地抬到空地上。怎么把它运回去呢？原来的计划是，雇辆三轮，拉到汽车站，然后运到公社，父亲派人在那边接应。桦木箱刚放在地上，呼啦一下围上来七八辆三轮。谈价论价，我故作老练，但没想到会那么贵。我和小伙伴们商量，干脆不雇三轮了，自己抬到汽车站去。四个人抬起来，趔趄着往前走，实在是太沉了，走几步就要停下来歇一歇。有一辆三轮老不死心，一直紧紧地在后面跟着，最后干脆横在路中间，堵住我们的去路。那意思是，不坐他的三轮，今天就别想走了。我和小伙伴们面面相觑，不知道该如何应付当时的局面。继续砍价。三轮问，你们一共带了多少钱。四个人凑了一下，一共十三块八。那就十三块八吧。我说不行，我们还得吃饭。那就给你们留点吃饭钱，十二块。我说还是不行，我们还得乘坐长途车。那就把长途车的票钱留出来，八块。就这样，我们被“打劫”了八块钱，四个人饿着肚子赶回了家。

第一次，感到出门在外不容易。

出门前母亲拿来几个冒着热气的煮鸡蛋，让我放到衣兜里，留在路上吃。还有两张白面葱油饼，用一块手帕裹着，塞到了行李卷里。如果一切顺利，路上要走三天两夜。母亲问我可记得路上怎么走。我说记得。我又从衣兜里掏出舅舅的信。舅舅在信里写得很清楚，先坐长途车到省城，然后从省城坐 93 次列车到佳木斯，下车后再坐一天的长途车到农场。我把信里写的路线又给母亲念了一遍，母亲静静地听了，似乎放心了一些。

事实上这趟路线，母亲是走过一趟的。那年夏天妹妹刚出生，还不到一岁，舅舅来信说，姥姥生病了，希望母亲去一趟。反正当时信里是这么说的。母亲走的那天清晨，我和弟弟还睡着觉。母亲轻轻叫醒我，说要出一趟远门，嘱咐我要听爷爷的话，照顾好弟弟。我迷迷糊糊地听着，接着又睡着了。等我清醒过来，发现枕头下面塞了 5 元钱。邻居婶婶大娘们见到我都说，小亮你妈走了，不回来了，你看把你妹妹都带走了。我不信母亲不回来了。信上不是这么说的。

从此我觉得自由了。除了经常吃不上饭，有上顿没下顿，其他一切都 OK。我先用 5 元钱狠狠地买了 2 毛钱的糖果，好多好多的糖果啊，我分了一些给弟弟，剩下的按计划每天吃两颗。剩余的钱父亲说帮我保存着，但后来一去无回。白天的日子自由而愉快，最难熬的是晚上。家里空荡荡的，我怕黑，而弟弟又太小，还不足以给我壮胆。为了熬过恐怖的夜晚，我和弟弟早早睡下，期望一觉到天亮。大多数时候，都是一夜无梦地平安度过，因为白天玩得太嗨了，晚上睡得也沉。但有几个晚上，我还是不幸地醒来了，有时候被尿憋醒，有时候被噩梦惊醒。这个时候，最期望的就是父亲能够在家。父亲有时候在家，但大多数时候，他的床空着。我用被子捂住脑袋，不敢睁眼看，哪怕在月光很好的夜晚，觉得世界依然是被黑暗和鬼魂笼罩着。我祈求赶紧睡着。有一个夜晚，无论如何也睡不着，看哪里都像充满了妖怪。我终于忍不住号啕大哭，拉起被窝里的弟弟，到村头的牛棚里去找爷爷。大半夜的，我和弟弟像两个小幽灵一样，穿过空荡荡的村子。爷爷气坏了，拿起一根干草叉来，转遍了村里的几家赌场，终于把父亲赶回了家。

那时候，爷爷是我心中的救星，无论什么情况下，只要爷爷一出现，一切皆可化险为夷。有一次父亲和母亲打架，父亲从赌场回来时已是气急败坏，一看就知道又输了钱。母亲不依不饶，不停地数落他。每当这个时候，我就想跟母亲说，算了，由他去吧，说他也不管用。但母亲还是说个没完。两个人越说声音越大，说着说着就动起手来。母亲个子矮小，根本不是父亲的对手。他们一旦打起来，我就第一个冲上去护住母亲，但那时我还太小，根本不起作用。一根木棒落下来，击中我的额头，一个大包迅速鼓了起来。我知道我无法阻止一场战争，但有人可以。我飞奔而去，把爷爷叫来。

爷爷来到时，母亲正躺在柴垛上哭。父亲坐在一边，脸黑着。爷爷坐在太师椅上，瞪着眼数落父亲。我知道，这个家暂时算是安全了。

大多数时候，他们并不打架，只是冷战。谁也不搭理谁，家里很安静，安静得让人心惊肉跳。谁也不去做饭，冷锅冷灶地过一天。

那个时候，我最痛恨赌徒。我痛恨，但我阻止不了。连爷爷也阻止不了，父亲已经赌疯了。他总是输。有一次，他把村头的两棵杨树也押上了。最夸张的一次是，他押上了家里的一头猪，而母亲根本不知道，她每天都在喂养的猪，其实是在给别人喂。

父亲是个坏人吗？他不是个坏人，某种程度上，他还是个好人。热心肠，爱打抱不平，同情弱者，肯出力气，责任心还比较强。心情好的时候，还显得和蔼可亲。但他很少有心情好的时候，大多数时候他都一副气急败坏的样子。他不赌博的时候，干过不少出力气的活儿。年轻时，他拉着车去安徽贩大米，满满一车大米，一百多里路，风餐露宿，一个人拉回来。他还干过卖瓷器的活儿，锅碗瓢盆的，拉着车四里八乡转着卖。也许他不是个天生的赌徒，是因为后来孩子越来越多，家里越来越穷，他才决定到赌场去碰碰运气。他也不是个天才的赌徒，这是确凿无疑的。他越输越多，输得越多越想捞回来，到那时，一个赌徒的形象才渐渐明晰。我记得有一次，父亲把他的表弟叫到家里来，两个人在堂屋的油灯下密谋，商量如何联手把钱捞回来。而母亲已经被他气病了，躺在床上唉声叹气。

转年春天的时候，舅舅来信说，母亲准备回去了。将近一年没有音信，此中思念和担心自不必说。无论如何，母亲还是要回来了。母亲回来的时候，带回来两个妹妹，一个是走时带去的妹妹，回来时明显长高了不少。另一个妹妹，是二姨在东北生下的孩子，刚刚满月。那是她的第六个女儿。二姨坚持不懈地生了六个女儿，只为想生一个儿子。她希望母亲能收留那个女儿，她还想再生一次，碰碰运气（她运气真是不好，这是后话，不提）。

就这样，我又多了个小妹。无论如何，一家人又团聚了。

舅舅年轻时就随他的姐姐——也就是我的大姨一家去了东北，最后成了国营农场的职工。记忆中，我很小的时候见过一次亲爱的舅舅。那时我住在姥姥家，亲爱的舅舅从东北回来探亲。我印象有些模糊，依稀记得姥姥把我叫过去，让我去西屋喊舅舅起床吃饭。年轻的舅舅还是个清爽干练的小伙儿，穿着一件很白净的衬衫，说话的口音也怪怪的——一种普通话努力向家乡话过渡的口音。他坐在床沿上逗我，但我愣是没听懂他的话。

舅舅年轻时喜欢摄影，有一架海鸥牌相机。我的第一张照片就是舅舅给拍的，我坐在姥姥家的房门前，手里抱着一个大苹果，憨憨的样子，那时我刚刚学会走路。那是我童年唯一的一张照片，我视若珍宝，好生收藏起来，藏来藏去的，结果自己也找不到了。最初的影像消失了，仿佛童年的一段时光突然变暗。

我第二次见到舅舅时，是在校园里，老师告诉我外面有人找，我出来一看，大树底下站着一个人，是舅舅。我对他的记忆已经模糊，印象中的舅舅更多存在于书信里。舅舅摸摸我的脑袋，鼓励我好好念书，说了些家长们常说的话，临走时塞给我 20 元钱。

周末回到家，发现一起回来的还有舅妈和表妹。那是他们一家人第一次回老家，而且住了很久。舅妈来到不久就生了一个孩子，是个男孩，一家人欢天喜地。他们一家人离开时，把表弟留给了我的母亲。一家人自是不舍，舅妈还难过得垂泪再三。一开始我并不理解为何不把表弟带走，后来舅舅在信中向我嘱咐再三，我才明白问题的严重。

亲爱的舅舅你好：

最近还好吗？身体都很健康吧？工作顺利吧？

今去信不为别的。今年收成不太好，秋天有些旱，玉米和大豆都减产了。但一家人都能吃饱，请您放心。钱入冬再寄也行。红糖和麦乳精还有一些，如果能寄点白糖，是最好的。

家里一切都好。弟弟们也很好。

此致

敬礼

您的外甥：小亮

家里多了一个弟弟后，我给舅舅的信也多了起来。大多是跟舅舅要些东西，但也有例外的时候。有一天，家里突然来了两个人，东北口音，说是来调查些情况。我记得那两天一家人都显得很紧张，母亲把表弟偷偷送往亲戚家，姥姥则躺在床上称病。来人询问了一些情况，比如姥姥病了多久了，家里有几个孩子等。还找来了大队的干部和几个邻居。在此之前，舅舅已经来信说，可能会有人回去调查情况，询问时就说舅舅一家回老家是为照顾生病的姥姥的。另外，把孩子藏好，千万不要走漏了风声，否则不仅工作难保，还可能要坐牢。

紧张了几天，总算没有演穿帮。调查人员离开后，母亲让我赶紧给舅舅拍了一封电报："转危为安。"一个字七分钱。

小胖进来的时候，父亲已经把自行车推到门外。雪下得太大了，车后座的行李上不一会儿就落满了雪。小胖一进院，就用手拨了一下自行车铃铛，叮零零一串愉快的铃声，表示他来了。他是来为我送行的。他说过，他要亲自把我送到汽车上。

临行前一天，我去了最好的朋友小胖家转了一圈。我告诉过小胖，我想离开家去东北。我们在一起无数次地交流过自己的理想。我想读大学，小胖也说过他城里有个姨丈，好像是在开饭馆，他打算过两年去学厨。我觉得小胖的理想似乎更现实一些。实行高考以来，村里还没有出过一个大学生，我有时也觉得自己的理想很渺茫。父亲的意思是，读完初中后，如果找不到好的活计，就回家种地，讨个老婆过日子。我不想回家种地。父亲觉得不可思议。几辈人都是这么过来的，怎么到你这里就不行了？不要好高骛远，要学会踏踏实实过日子！事实上，父亲早就不想让我读书了，读书花钱不说，家里孩子那么多，农活那么重，他一直没个得力的帮手，也是原因之一。但我的成绩一直很好，从小学到中学都是好学生，父亲也没有理由硬让我辍学回家。我最挠头的事情就是向父亲要钱交学费，只要一张口要钱，父亲就会暴跳如雷。“哪有钱交学费？算了，别读了！”我觉得很委屈，每次都这样。我从来没有要过零花钱，兜里也很少有零花钱。我要的只是学费和交给学校食堂的口粮。父亲似乎永远都无法承受这样的负担。我只好转而向母亲求助。母亲大多数时候也没有钱给我，但她从来也不会说不让我读书这样的话。她会去想办法帮我借。向邻居借，向亲戚借，三块五块地借。我不知道那些欠账最终是如何还上的，总之我算是没有中途辍学。

但我还想走得更远。

父亲问过我长大后的打算，我说我想读大学。父亲听后惊讶不已。他给我分析了形势，讲了村子里的情况。几代人都没出过一个读书人，整个村子都没有一个秀才，你怎么敢想长大后读大学？你拿什么读大学？你还是现实点吧。能考个中专，有份口粮就不错了。

我跟舅舅讲过我的理想。舅舅在信中鼓励了我，说如果不读大学，根本就没有出路。我把信念给父亲听，父亲说，那你跟舅舅去读书吧，将来也许能读大学，你爹根本供不起你读大学。

父亲让我给舅舅写封信，试探一下舅舅的态度。我如实写了。“亲爱的舅舅你好”，我写了一开头，不知道该如何写下去。就这样为自己的前途去求别人吗？我还有点不习惯。再说，就这样离开家，你舍得吗？但不舍得又能怎样？你在家里没有幸福感，得不到读书的保障，将来的前途几乎一眼都能看到底。“就说咱们两家的孩子交换抚养，谁也不欠谁。”父亲提出了交换的理由。这倒是个不错的理由，父亲不仅可以少养一个孩子，还顺便解决了我的前途问题。表弟是父亲最大的撒手锏，我知道，只要提到表弟，无论什么事情，舅舅都会答应下来。

那封信写去很久，都没见舅舅回信。我有些气馁。母亲说，舅舅不可能马上答应下来，毕竟要跟舅妈商议，还要看能不能转学，还有户口问题，都是难题。果然，过了一个多月，舅舅来信同意了我去他那里读书。然后开始办理转学手续和户口关系。户口很难办，但我相信舅舅神通广大。

离过年还有几天，终于收到了舅舅的最后一封信：接收学校已经谈好，但必须尽快动身，以防节外生枝。“尽快动身”，到底要多快呢？母亲的意思是，最好过完年再走，再说学校也都放假了，不差这两天。但父亲有些嘀咕，他主要嘀咕“尽快”这个词。“尽快”的意思就是要多快有多快，这封信已经在路上走了至少一个星期了，那么接到信就应该马上动身，才算是尽快。父亲是个悲观主义者，在这一点上我很像他。如果马上动身，很可能要赶在火车上过年。其实在哪里过年都无所谓，一种想要出走、想去体验与冒险的新奇感笼罩着我。我已经有些等不及了。

临出门之前，母亲又往我口袋里塞了20元零钱，那可能是她身上所有的钱了吧。父亲推着自行车，我和小胖跟在后面，三个人一起冲进风雪里。母亲站在门口冲我招招手，嘴张了半天，只说出一句话：“到了那里来信。”

“嗯，来信。”我答应着。我已经写了五六年信了。从小学三年级开始，我就给“亲爱的舅舅”写信，将舅舅的来信读给母亲听。以后，我要将信封上的地址颠倒一下，开始给母亲写信了。我不在，弟弟应该可以读信了。

离天亮还有段时间，大雪将天空映得灰蒙蒙的。村子一片沉寂，没有一点声响，似乎都被这场大雪遮盖了。从村道穿出来，沿着一条窄窄的小路一直走下去，就是通往省城的国道。每天早晨六七点钟，会有一班长途汽车路过。

父亲独自走在前面，我和小胖与父亲拉开一点距离，两人小声说着话。还记得那年一起去偷老刘家甜瓜的事吗？我们苦熬到半夜，各自穿着裤衩背心，轻装前进。我们从一片棉花田踅进玉米地，瓜田就在玉米地的边缘。我们在玉米地的边缘屏住呼吸，先投出一块土块，试探一下看瓜人的动静，发现看瓜人已经熟睡，于是迅速行动，往瓜田里一滚，感觉身下一咯，顺手摘下，往背心里一塞……最后突然出了状况，不知是谁不小心放了一串响屁，结果有人忍不住笑出声来，瓜棚里一声喝骂，众人迅速鸟遁……

我和小胖争论着那个屁的主人，关于分别的话题，两人都闭口不谈。小路被大雪覆盖，踩上去咯吱咯吱地响。路两旁的小树也落满了积雪，看上去像黑白分明的线条。路边的小河沟已被积雪填满，分不清哪里是路，哪里是沟。在我的记忆里，家乡很少下那么大的雪。也许东北的雪比这还要大吧，我无法想象。雪花不时地飘落在脖子上，凉凉的，很快就融化了。这条路也是我上学时经常走的路，因此我熟悉它的每一个拐弯，每一处坑洼。这也许是最后一次走这条路了吧？能够在一条路上幸运地来回走上几年，已算是奇迹。人生的大多数道路，往往都是单行道，只是途经，只是偶遇。

三个人来到公路上时，天已微明。紧张地盯着来车的方向，生怕错过唯一的一趟车。接连过去了几趟，都不是。父亲开始有些焦急，担心那辆车是否已经过去了。他开始不停地埋怨："都怨你妈，让她不要准备那么复杂的早饭，她非要做。如果错过了，今天就走不成了。"我已经熟悉了父亲的抱怨，也彻底厌倦了他的抱怨与焦躁。无论如何，就要离开了。我知道我离开的不仅仅是家乡，更是一直笼罩在家庭里的沉重的阴霾。每想到此，就会觉得轻松许多，离别的愁绪也减淡了。

顶着积雪的长途车终于出现在雪雾中。小胖迅速站到路中央，将车子拦下。父亲把自行车座上的行李递给我。车门打开，我接过行李，闪身上车。车门关闭，慢慢启动。我想向车窗外的父亲和伙伴打个招呼，赶紧扑向车窗，窗玻璃已被哈气模糊。我用衣袖擦出了一小片玻璃，向外望去，车子已经慢慢走远，车窗外全是白茫茫的雪。

树袋鸟

天刚蒙蒙亮。昨夜下过一场小雨，空气里有一种湿润的凉爽。童童爬到我床上的时候，我还没有睡醒，朦胧中感觉有一个小小的身体躺在我旁边。我还以为是弟弟。麦收的季节到了，父母天不亮就拿着镰刀下地了。他们要趁太阳升起来之前多干点活，否则，等太阳升高了，麦芒会被晒得又干又硬，扎在手上、胳膊上，很难受。

依稀记得，母亲下地去的时候，交代了我几件事：等弟弟醒了，记得喂他水喝；喂鸡；盯着那只草花母鸡，不要让它到别人家下蛋；煮一锅大麦粥，等中午回来喝。我一边答应着，转身又睡了过去。

弟弟的哭声把我弄醒了。我睁开眼睛，发现弟弟正扒在我的床沿站着，鼻涕已盖过了嘴巴。初夏的太阳穿过树冠，射在我的一小片皮肤上，有点痒。我坐起身，才发现童童躺在小床的另一头，嘴里衔着一根草茎，大睁着眼睛，静静地盯着头顶的树冠。

“你怎么来这么早？”我都记不得她什么时候来的了。

“我来盯着呀。”她吐掉嘴里的草茎，向我眨眨眼睛。

“跑不掉的，放心吧。”

“那不行，说不定哪天就跑了。”

童童和我住在同一个胡同里。她还有两个姐姐，一个妹妹，她是老三。和她的姐姐们不同，她喜欢跟男孩子一块儿玩。我们曾一起爬过树、游过泳，一起偷过生产队的梨。有时候，我们干一些男孩子才会干的危险游戏，不愿意带着她，她也会悄悄地尾随着我们。有一次，我们发现生产队的粮仓屋檐下有几个马蜂窝，我和小胖看着好玩，觉得有挑战价值，遂决心将其捅下。办法很简单，用土块往檐下猛砸，然后往玉米田里抱头鼠窜。此事干了大概有一个上午，战果是两个马蜂窝被拿下，但我方损失惨重，每人被蜇十数下，且主要在头部。两人昏昏然，躲进粮仓里，席地大睡，大概是真的被蜇晕了。粮仓里有新收的小麦，为了防盗，麦堆上盖了几方大印。很奇怪，粮仓竟然没有房门。我们在粮仓里昏睡一下午，头皮发麻。醒来后，发现童童站在我们面前，定定地看着我们，大眼睛扑闪着，手里还拿着块湿手绢。“我还以为你们俩死了呢。”她明显舒了口气，又用湿手绢帮我们擦了擦头上的包。我和小胖有些被感动了。三人总结了一下，觉得童童够意思，正式拉童童入伙，当天发生的事情不许让父母知道。并一致认为，马蜂窝捅不得，马蜂这东西锱铢必较，人不犯我，我不犯人，人若犯我，我必犯人。遂各自散去。

童童、小胖、我和我弟弟，有时候再加上童童的妹妹，我们五个人在胡同里经常是一伙的。胡同后面有一道浅沟，沟沿上长着两棵桑树、一排洋槐。没有雨水的时候，那里是我们的天堂。我们经常在沟沿上挖洞搭灶，过家家。桑葚成熟的季节，通常是我和童童一人爬到一棵树上，小胖领着两个小不点儿在树下面等着。当桑葚越来越少的时候，往往是我和童童先在树上吃个够，然后再“施舍”给小胖他们几颗。

当然，我们经常玩的是过家家，而提议者往往是童童。对于过家家这种无聊的游戏，她似乎百玩不厌。角色搭配五花八门，但童童永远扮演主妇的角色。一旦主妇角色确定下来，剩下的角色往往由童童来分配，谁来做丈夫，谁来当孩子。我和小胖经常轮流做丈夫，而丈夫之外的角色往往最为关键，他将决定一场游戏的走向。比如，在不做丈夫的时候，我曾经当过邮递员、医生、打井的、铁匠、卖盐的、羊贩子等等。而丈夫，在童童眼里，实在是无关紧要，无外乎一起睡个觉、做个饭、看看孩子什么的。

有一次，我做丈夫，小胖做医生，而童童说她又怀孕了。“怀孕了就不能睡一起了，你知道吗?”童童指导我如何做丈夫。我帮她盖上一片树叶（假装是被子），用土团一个蛋，在一旁给她煮鸡蛋。小胖拎着一块砖头（假装是医疗箱），朝空气里敲敲门，准备来给童童接生。我是丈夫，按道理不能进屋。我偷看着，小胖轻轻扯下童童的碎花短裤，露出了微微隆起的瓷白的性器。小胖用一根树枝在上面刮了刮，童童假装痛苦地呻吟着。突然，童童满脸羞怒地坐了起来，一边往上提短裤一边说，你把我弄痛了，不玩了！

有一次只有我们两个人，童童拉着我过家家。两个人过家家，太单调了。童童却一脸神秘：“你知道两口子在一起都做什么吗？他们不只是睡觉，还××呢！”童童说了一句骂人的粗话，吓了我一跳。作为一种语言禁忌，这种活动在我心里充满神秘。童童躺在沟里，指导我该怎么做。“他们都是这么做的。”童童说着，褪下自己的小短裤，把我的短裤也拉了下来，让我伏到她身上。我在她身上趴了一会儿，感觉自己的阴茎软软的，搭在她的肚皮上，凉凉的，体会不到任何乐趣。

那一年，童童大概也就六七岁吧，比我大一岁。

童童不爱在自己家待着，也不喜欢我们到她家去。她的家在胡同的最尽头，单门独院，满院都是浓密的洋槐树，春天的时候，槐花盛开，异香飘满整个胡同。童童的父亲是个手艺人，木匠活、泥瓦活样样拿得出手。他不常在家，大部分时间在四里八乡转着找活儿做。在我们家乡，这算得上是个标准的能人了。我们很少看到童童的母亲，她不常出门。地里的庄稼活儿一般是童童的两个姐姐在做，遇到农忙季节，童童的父亲也会搭把手。童童的两个姐姐都没有被送去读书，因常年做农活，也显得比一般女孩子长得壮实一些。

童童家和我家隔了两个院落，她经常早晨一睁开眼，就跑来找我玩。有时候来得早，碰到我们一家人蹲在院子里吃饭，她就静静地待在一边，等着我吃完。说实话，我还是挺喜欢童童的，并不是因为她长得漂亮（虽然不经常洗脸，有点脏，但她眼睛大大的，嘴唇薄而小巧，显得很机灵），而是她真的很善良。她不怎么爱生气，大大咧咧的，有点男孩子脾气。夏天的时候，除了比我们多穿一件背心外，她和男孩子无异。有时候一起下河游泳，男孩子们脱得光光的，她则坚持穿着一件小短裤，才显出与我们的不同来。

但有一件事，她是真的生气了。

有一次，她来找我时，带来了一只小鸟。那样的鸟儿在我们那里并不常见，身子绿得发亮，瘦削、小巧，飞起来像箭一般，叫声很好听。我问她是什么鸟，她说她也不知道，只知道是生长在树上的，下雨时冲下来，被她捡到了。它们会在树叶间织一个布袋一样的鸟窠，她给它取名布袋鸟。那只小鸟站在她的手臂上，一会儿又飞到她的肩膀上。它不可能飞得太远，一根棉线连着它的脚和童童的手。

“你知道吗，它已经能听懂我说话了。”童童说着，伸出了另一只手臂，小脸歪向肩头的布袋鸟，“嘿嘿，快飞到我这只手上来。”哇，那只鸟真的扑啦啦飞到了童童伸出的小手上。

“我每天都跟它说话。”她满意地笑了。

我央求她：“能不能让我玩一玩？就玩一下！”童童有些不舍。一再叮嘱，一定要牵牢了线绳，千万不要松手。说着从手指上解下棉线，系到我的手腕上。我说过吧，童童真的很善良，不愿意让别人失望。棉线的一头系在我手上，小鸟却还站在童童的手臂上。我冲着布袋鸟叫着：“嘿嘿，快飞到我头上来！”此时，小鸟扑啦啦飞了起来，不是往我头上飞，而是往空中飞，它希望挣脱棉线往高处飞。我一紧张，赶紧一拉线绳，那只布袋鸟一下失去了平衡，冲着我手中的饭碗飞了下来。那一碗黏稠的山芋玉米粥啊，还冒着热气，小鸟就那样一头栽了进去，在里面扑腾了几下，死了。

童童的眼泪一下子就出来了。

我很少看到童童哭。她很少哭鼻子。即使哭，也是眼泪一出眼眶，就马上止住，然后再展现给伙伴们一个笑脸。但那一次，童童哭起来没完了。

“你赔我你赔我……”童童一边哭，一边用小拳头往我后背上捶。

“赔你就是了，有什么了不起！”我嘴硬着，心里却觉得，如果不赔给童童，她大概是跟我没完了。

从那之后，我会格外注意空中的飞鸟。我们家乡的鸟儿品种繁多，尤以麻雀为最。春天的时候，成群的麻雀们在房檐下的空洞里孵出一窝窝小鸟，我们经常搬架梯子，把手伸进去，一窝能掏出五六只幼鸟（有时也会掏出蛇来）。那些幼崽实在太难看了，一根毛没长，赤裸裸的像肥硕的虫子。我本想掏几只麻雀糊弄过去，结果被童童眼泪汪汪地拒绝了。“谁要你的麻雀！那么丑，还不会说话！”我说：“好吧，童童，你等着，我一定要捉一只树袋鸟还给你。”

我曾经在空中看到过几只树袋鸟，小小的身子像一簇绿火焰，一瞬间射进树丛里，再也寻不见。童童说过，树袋鸟通常将窝搭在槐树冠里，我便经常在一棵棵槐树下徘徊。有一次雨天，小雨沥沥淅淅下了两天。小雨稍歇，我在嘀嗒着雨滴的槐树下，突然发现了一只树袋鸟，像是刚孵出来的样子，嘴巴黄黄的。我大喜，用脚使劲踹了几下树身，那只鸟依然站在枝头，没有飞走的意思。也许它还不会飞吧，真是天赐良机！但树太高了，树身湿滑不说，树枝上还长满了刺，要爬上去捉只鸟，实在艰难。但机不可失。我脱掉脚上的凉鞋，把短裤往上提了提，往手心里吐了口唾沫，轻轻地，轻轻地往上爬。一边爬，一边躲避着木刺。爬到枝杈上，那只鸟还没飞。看来它是真的不会飞了。我拿出螳螂捕蝉的架势，悄悄接近它。就在我的手将要抓住它的一刹那，它，箭一般地，飞走了。

往地上撒了一把小米，算是喂完了鸡。又往弟弟的小嘴里塞了几口馒头，我便回到了小床上。此时太阳已经升起到屋角，初夏的槐树冠在阳光的照耀下，显得新鲜、碧绿。童童躺在床尾，穿了一件已经偏小的碎花连衣裙，裸露的小腿上满是蚊子叮咬的疤痕。

“你说它们还要多少天才会长出毛来？”童童歪着脑袋问我。

“不知道，说不定哪一天它们身上的毛就会一下子长满了吧。”

“是不是长齐了毛它们就会飞走了?”

“不知道，它们要长很多很长的毛吧?”

“你说它们是不是和人一样，大了就会长毛?”

“不知道……”

“你怎么什么都不知道呀?”童童看我一眼，坏坏地笑了，露出两颗小虎牙。

我家的院子里有两棵槐树，一棵大一棵小。大点的那一棵长得却并不繁茂，而小的这一棵，长在院子的中间，有一篷浓密的树冠。往往夏季一到，母亲就会把我的小木床搬到槐树下，再支一顶蚊帐，整个夏天，我就睡在这棵槐树底下。夜里，凉风习习，虫鸣唧唧，即使下点小雨也不怕。有一天，我躺在小床上发呆。槐花刚落，树冠上长满了一串串槐树籽。微风一吹，树枝随之轻轻摇晃。突然，我在一篷浓密的枝杈间，发现了一窝树袋鸟！小小的袋子，用干草、树枝、破布条织成，小巧、结实而精致。我的小心脏狂跳起来！寻它千百次的树袋鸟，竟然出现在我的床头。我赶紧爬到树枝上，往树袋里窥视了一番。哇，整整齐齐的四枚鸟蛋，稳稳地躺在袋底。

我飞快地跑到童童家，要把这个消息告诉她。

童童家的门锁着。在我们家乡，很少有人家会把院门锁上。但童童家不同，他爸爸是木匠和泥瓦匠，自己可以打门、上锁。

我隔着门大喊：“童童，童童快出来!”

过了一会儿，童童出来了。脸上两道泪痕，好像刚刚哭过。听到我的消息，一开始不信，随后便破涕为笑了。

从此以后，我们便经常挤在我的小床上等着，等着那四只鸟蛋快点孵出小鸟来。我答应过童童，四只里有她两只。我一只，另一只卖给小胖，因为我们三人中唯有他有零花钱。

有时候，童童觉得一个人拥有两只太奢侈了，她还有点不好意思，自己想起来就会浅笑一下。但再一想，同时养两只树袋鸟，左手一只，右手一只，也不错。一只睡觉的时候，还有另一只可以陪着自己呢。

等待一窝蛋孵出鸟来，时光显得实在太漫长了。等得不耐烦时，我们会用一只钩子把那吊着树袋鸟的树枝拉低下来，查看一下袋里的情况。这时候，两只绿色的树袋鸟便会在树冠上飞来飞去，尖叫不已。我们商量着，必须控制查看的次数，否则，树袋鸟妈妈会生气的。如果她生气不孵了，我们就谁都不可能得到树袋鸟了。

“你说她真的会不孵吗？她是妈妈，不会不孵的。”童童说。

“是啊。”我说。我对这个问题其实心里一点底都没有。

“她也可能会不孵吧，妈妈和妈妈也是不一样的。”

“是啊。”

我们就这样有一搭没一搭地说着话，有时候说着说着，童童就在我的小床上睡着了。我觉得童童睡着的样子很好看，睫毛长长的，嘴角俏皮地上扬着，有时候我会忍不住上去摸一下。我们小孩子在外面疯玩，每到吃饭的钟点，总会有家长站在胡同口吆喝一声让自己的孩子回家吃饭。很奇怪，从来没有人叫童童回家吃饭。她有时候睡醒了，或玩够了，就一个人走回家去。

那窝树袋鸟在我们的监视下，由鸟蛋到破壳而出，四只光溜溜的树袋鸟在一个鸟窠里拥挤着，我们稍一凑近，它们便争先恐后地伸长了脖子。等待的日子愉快而漫长。小树袋鸟一开始只是腹部和背部长了些绒毛，后来翅膀也长出了毛。槐花落尽的时候，小鸟终于长出了长长的尾羽。我建议就此“分赃”，不能再等下去了，说不定哪天就飞走了。童童总是犹疑不定，有时候分明拿出来了，又放了回去。“还是再等等吧，”她总是说，“它们有爸爸妈妈照顾，总比我们照顾得好。”唉，女孩子终究是女孩子。

翅膀硬了，都是要飞走的。童童还不懂这个道理。终于，在一个大风夜过后，那个吊在树枝上的袋子突然变得轻飘飘的。我和童童赶紧把树枝拉低下来，两个脑袋凑上去，发现袋子里已经变空了。

那一次，童童哭了好长时间。

童年的时光快乐而漫长，仿佛日子总是过不完。一到读书的年龄，时间就突然提速了，几年时间倏忽而过。

我进入村头小学读书后，童童就很少再找我玩了。本来童童比我大一岁，也早已到了入学的年龄，但和她的两个姐姐一样，她也被父亲留在了家里。童童很羡慕我能到学校读书，她也曾跟父亲哭闹过几次，除了挨父亲几巴掌，没有一点效果。我曾在小学校的围墙外遇见过几次童童，背着一个粪箕，眼睛却往校园里张望着，但一遇见我，又赶紧走开了。慢慢地，我有了新的玩伴，和女生已不再来往。而童童，也在我视线之外的地方慢慢长大。

读中学时，我开始住校，除了节假日，便很少回家。毕竟是在同一个胡同里住着，抬头不见低头见，这期间，我也曾见到过几次童童。童童已经变成大姑娘了，嘴角更翘了，眼睛也更水灵了，一头自然的卷发松松地扎起来。说起话来，倒没有多少不自然，只是比小时候话少了许多。她会问问我在学校里的情况，可吃得饱，学习可累什么的。也就这些了。

有一年寒假，临近过年，童童的大姐要出嫁了，我也被邀去喝了喜酒。宾客熙来攘往，挤满了小院。童童穿着一件碎花红袄，不停地忙碌着，显得比新娘子还好看。童童的父亲满脸堆笑地敬烟让酒，她母亲则默默地坐在角落里，痴呆呆地一声不响。临近黄昏时，庭院终于冷落下来。童童忙活了一天，发梢上已渗出了汗珠。送我出门时，突然悄声对我说，明天这时候要是没事情，就到后面的槐树林里等我。

小时候，家乡植有很多槐树。一来槐树木质好，易成材；二来槐花香，青黄不接时正好充饥。童童家屋后是一片开阔地，种了一大片槐树，春夏季节，浓荫遍地，是我们童年常去的地方。冬天的槐树林寒风刺骨，带刺的树枝伸展在头顶，遒劲干硬，便很少有人来。太阳刚落，我便来到小树林，徘徊了半天，也不见童童的身影。直到天完全黑下来，星星在树枝间眨眼，童童才从后院围墙的一个缺口上跳了下来。

“我早看到你了，嘻嘻。”她一笑，又让我想起了小时候的童童。只有笑是没变的。

“看到我，怎么不出来，害我等这么长时间，都快冻木了。”

“你来太早了呀。让你晚点来的。”

“不是说黄昏来吗？”

“你傻呀，天不黑透了，会被人看到的。”

我猜不透她的心思，隐隐地，心乱跳起来。

“手冻坏了吧？快来，我帮你捂一捂。”

不由分说，童童抓起我两只手，塞进她的棉袄里。隔着薄薄的夹衣，不仅能感受到她的体温，还有她那两只少女的温软的乳房和心跳。

我的手变得更僵了。

童童两只手勾住我的脖颈，斜倚在树干上，定定地看了我一会儿，嘴唇凑了上来。

我们根本还不会接吻。两个少年，只是忙乱地相互寻找着，贪婪地吮吸着，像两只小动物。

我的大脑已变得空白。童童突然拉起我的手：“走，我带你去一个地方。这里太冷了。”

穿过围墙的缺口，是童童家的后院。穿过后院，是一间带阁楼的厢房。厢房与正房隔着一道月亮门，彼此独立又有联系。童童家的房子凌乱而有趣，大概是因为她有一个能工巧匠的父亲。推开厢房的木门，靠墙放着几张小床，但空空荡荡的，并没有住人。童童反身把木门掩上，拉着我的手攀上一架木梯。梯子的顶端是一个小小的缺口。从缺口探出头来，才发现小小的阁楼上有一个用麦草垒成的草铺。

“我就住这里。”童童指了指草铺。光洁的麦草散发着一股青草的气息。麦草上铺着一床厚厚的被褥，中间凹陷下去，像一个温暖的鸟窠。

看我呆立着没有动，童童拉拉我的手，用气声说：“今晚这里没有人，父亲和二姐都去舅舅家帮忙了。”

“你妈妈呢?”

“我妈在那个房子里住。”童童指指窗户下方的正房，“还有我妹。”

正房的灯已经熄了，悄无声息。

我不知道接下来该干什么。童童已经脱掉了棉衣，里面是一件夏天常穿的碎花单衣。一面抖开了被褥，钻了进去，然后冲我招招手。

我笨拙地钻了进去。在两个人的重压下，草铺像一个鸟窠一样陷了下去。两个人像刚出壳的鸟儿，拥挤着，蜷在一起。

然后是一阵忙乱的抚摸。童童的单衣被我掀到脖子里，两只微圆的乳房跳出来。想起小时候一起玩过家家，童童的小身体我早已熟悉，但几年不见，童童的身体早已蜕变成另一个身体。陌生，眩晕而令人窒息。童童像只温顺的小狗那样蜷缩在那里，任我在她的身体上探寻。我的手顺着她的脖颈掠过尖尖的乳头、微凸的肋骨、凹陷的小腹一路向下。再往下，就是万劫不复的禁忌之地了。我摸到了她系得紧紧的腰带。她的棉裤。

“不行。”童童坚决地摇摇头，双手紧紧抓住了我的手腕。“不行了。”

她看着我，再次摇摇头，眼睛里仿佛有泪水。我赶紧把手抽出来，两个人重新安静地偎在一起。

“还记得我们小时候的那一窝树袋鸟吗？”

“记得。”

“我还以为你会忘了呢。”

“忘不了。”

“不知道那一窝树袋鸟现在怎样了。”

“也许有的结婚了，有的已经死了吧。”

“是不是鸟儿一长齐了毛，就会被它妈妈赶出去？”

“鸟儿大了，翅膀硬了，都要飞走的。”

“我觉得是被它妈妈赶出去的。我想想呀，那袋子里多舒服呀。”

“可能是吧。”

“人要是能整天待在袋子里该多好，困了睡睡觉，饿了吃几条虫子。”说着，她自个儿吃吃地笑了。

“我的床像不像个袋子？”她歪过头来问。

“嗯，像。”

“是我自己搭的。”

“布袋鸟都是父母搭的。”

“我妈才不会搭窝。我们一长大，她就会把我们赶出来。”

“不让你们跟她一起睡？”

“嗯，一长大就不让了……晚上她还会打人。”

“你和姐姐们都睡在厢房里？”

“还有父亲……”

“哦。”

“……知道我为啥睡觉不脱衣吗？”

“怕冷？”

“不是，父亲有时候会……上来。”

……

鸡叫头遍的时候，童童轻轻推醒了我。披衣下床，穿过吱呀作响的木楼梯。童童在楼板的小口上冲我无声地挥挥手，悄悄打开木门。一阵冷风吹来，小院静得可怕。惨淡的星光下，一泡长长的尿迹，结着薄冰，从正房的台阶前蜿蜒而下。

夕光照影

0

隐痛，是一种最致命的痛，它不发作，却像一台闹钟，时刻嘀嗒嘀嗒地在身体里走动。我将这痛隐了八年，我以为它会渐渐消失，没想到它却在我的心中发酵，终至成为一块情感的癌灶。

八年来，这隐痛与愧疚时刻在吞噬我的心。我想要去还这笔债，我知道这债没人催，没人要，我也许只是想自救……

这是一篇迟到了八年的文字。作为一个侍弄文字的人，却无力去为小妹写一篇文字，我深感羞愧。几年来，我写写停停，试了几次，竟都未能成篇。一开始，浓烈的痛楚让我无法平息，无法平静地坐在书桌前写下一个字，生怕手中的笔不能及其万一，生怕多年来的负疚会因文字而减轻、破碎；后来，我发现自己已无力去追思这段手足之情和永诀之痛，已无法去还原小妹的笑貌音容。

秋季了，一切都安静下来。果实被时光收走，落叶被大地收留……天高云淡，一个怀人的季节。我逼迫自己坐下来，将心中的痛，都倾倒在纸上……

1

小妹叫照影，是我们四兄妹中最小的一个。确切地说，她并非我的亲妹，而是二姨家的小表妹。二姨一共生养了八个女孩，她一直想要一个男孩以接续姨父一家一线单传的香火。当第七个孩子依然是个女孩时，二姨几乎绝望。她想都不想多看这个女孩一眼，刚出了满月，就将这个孩子送到了我家。母亲接纳了她，给她取名叫小影，成为她的第四个孩子。

当时家里很穷，三兄妹加上父母，一家五口刚能够揭开锅，如今又送来了一个孩子，家境一下子又紧张起来。我那时尚在村头读小学，在父母农忙的时间里，照顾小妹的任务就落在了我头上。我很喜欢这个小妹，因为她从小就很听话，很乖巧，很少哭闹。当时没牛奶，甚至都没有奶粉，小妹是靠喝一种叫“麦乳精”的东西长大的。我还记得每隔一段时间，母亲便差我到乡上的供销社去买一罐来。那时一罐也就三五块钱，但每月都拿出三五块钱来，对我们全家来说也是困难的。因此，小妹经常断粮，在没有麦乳精的时候，就给她喝红糖水，她竟也能愉快地接受。小妹从小营养不良，也为她日后的成长埋下了祸根。

等小妹自己可以吃东西的时候，馒头、窝头、米粥、山芋等等，都成了她的食粮。每天一家人坐在一起吃饭，她就坐在一边的地上，张着小嘴，这个给她夹一点，那个给她喂一点，她吃得津津有味。春天时，我上树给她摘槐花、榆钱；夏天时，下田挖山芋，上树摘桑葚；秋天烧毛豆，偷果子……我们就像猪一样长大，但彼此充满亲情。

2

关于小妹的童年，我所能记起的已经不多。小妹两三岁时，我已到乡里读中学，很少回家。小妹是如何在那艰难的岁月里长大成人的，岁月又是如何一点点在她身上雕刻的，我已无法追忆。印象最深的，是每次周末回家，小妹都似乎长高了一点。

小妹从小脾气倔。她大概也是逐渐明白了自己在这个家庭中的真实身份，我想她的倔强来自一种天生的宿命和对自我命运的不安全感。她生怕被送回去，怕不被这个家庭接纳。她经常会为一件小事气得躺在地上，不吃饭。青妹比小妹大几岁，两人经常因为小事而吵闹。她打不过青妹，就只有哭，只有躺在地上不说话。她就用这种方式发泄自己的不满，表达自己的委屈。她似乎每天都在受委屈。她哭，不停地哭。母亲经常数落她，甚至想把她送回去。这是对小妹最大的伤害，因为她已实实在在把这个家当作了自己的家。

小妹对我很亲，每次回家，她都会跟在我身边，不说话，看着我干这干那。也许是从小带她的缘故，我们之间的感情超过了兄妹之情。她叫我大哥，也最爱听我的话。

小妹其实很懂事，她懂事得让人心疼。在我的记忆里，小妹从很小时候起就开始帮父母干活了。喂鸡，喂羊，下地割草。她很能干，不怕吃苦。夏天的西瓜田，父亲让她在瓜庵里守着，她可以从早一直守到晚，寸步不离。一口水没有，一个伙伴没有，也不知她那一天是如何度过的。小妹在瓜田里的身影，也成为父亲一生的隐痛。父亲脾气暴烈，唯有对小妹，有一种慈父般的亲情。

想起秋季的小妹，就想起她衣衫褴褛、光着小脚丫，满脸汗迹，在麦茬田里拾麦穗。每到收获的季节，就会想起小时候，我们兄妹几个，坐在村头的土桥上，盯着夕阳变红变大，看着身后的小村被炊烟笼罩，我们吮着手指头，等父母回家。

3

小妹到得入学的年龄时，迫于家里的经济拮据，我们三兄妹均在校读书，父母已无力支撑，在与二姨商量后，决定送小妹回二姨家读小学。真不知道在这个家庭里度过贫穷而幸福的童年后，小妹被送走时是如何地不舍得。她从小就担心的事情，最后还是真实地发生了。

像二姨家的那些小表姐一样，小妹的读书成绩也不理想。她似乎没有读书的细胞，对学校生活百般不适应。在她小小的年纪时，她就已经长大。她宁愿在家里做一些农活，也不愿再读书。她的成绩一直不好，一说到读书，她就有些羞涩。她依然很懂事，为家里忙这忙那。她像个小大姐，而不是个小妹。她愿意干她能干的一切，她有一种为人的亲切和良善。

大学毕业几年后，我第一次回家。那是一个寒假，我在二姨家又见到了小妹。此时，她已辍学在家。她比我印象里的变得胖了一些，圆脸，头发自然卷曲，一说话就笑的样子没有变。大概是有几年没见面了，她见到我似乎有点生分，但又有一种难言的亲切。她围在我身边，亦步亦趋的样子，仿佛生怕我突然离开。

吃过了午饭，在与小妹分别的一刹那，我看到她脸上虽然漾着笑，但眼里分明噙满了泪。我突然决定：要将小妹带到城里去！她与我的感情，兄妹之间的相濡以沫，使我不忍心看她这么小就辍学在家，开始围着灶台和田地转。

此时，妻子已怀孕在家，我们的宝宝明年三月就将降临人世。我希望将小妹带到我家，一边教她点东西，一边让她为我分担些家务，为她今后的人生作些必要的准备。我将此打算与母亲和二姨商量，她们都非常支持，都认为小妹有了一个好前程，终于可以脱离苦日子了。告诉了小妹，她兴奋得瞪圆了眼睛。而对于城里的生活，她没有丝毫的概念。

我们说好：等过完年，天气稍暖和些，就让小妹过去。

4

小妹是在二月的一个凌晨时分坐长途车进城的。当时春寒未退，夜里还有些冷。二姨将她送上车后，托付给一位好心的同行者。我还是不放心，在长途汽车站守候了大半夜，生怕错过了那班车。小妹从来没出过远门，她甚至是第一次坐汽车。

天将黎明时，从家乡开来的长途车出现了，我赶紧围上去。小妹从车门走出来，一看见我，就笑了，一夜的疲惫一扫而光。我接上小妹，带上她的小行李卷，她坐在自行车后面，紧紧地抓住我的衣摆，我们迎着黎明前的风，骑车穿行过人迹稀少的城市街头，仿佛又回到了童年时光——月亮高升，游戏散了，伙伴们揉着惺忪的睡眼被大人们唤回家，我拖着小妹，一步一步往家里赶……现在想起来，一切仿若是梦。

回到家里，让小妹洗漱，她竟然还不会使用淋浴，穿着衣服洗了个澡，让我心酸不已。洗完后，妻子找来些干净衣服给她换上，马上变了个人，除了冬天冻得通红的两腮，小妹看上去就像个城里人了。她似乎很满足，家里的一切都很新鲜。她不愿意下楼去玩，生怕自己找不到家，但整天待在家里又不太适合她的生活习惯。我记得最初的几天她总是蜷缩在沙发上，显得没有一点精神。家里的事她暂时还插不上手，不会买菜，不会做饭，甚至不懂厨房里的一切。她就那样蜷在沙发上看电视、看书。我记得她最爱看的电视节目是动画片，而她看的书竟也是小人书。这让我感到分外痛心。我一直以为她长大了，可以干一切活了，但她所受的教育，她的心智，决定了她还是个孩子。

不能让小妹就这样病怏怏地待在家里，还是给她找点力所能及的活干好些。最终跟妻子商定，将小妹送到妻子姐姐在郊区开办的饭馆去帮忙。

5

由于年龄小，加上从小的营养不良造成的个子矮小，小妹虽然很能干，但也只能做些打杂的工作，扫扫地、洗洗碗之类的。为了能够够到洗碗池，他们还特意为她做了一个台子，好让她踩在上面。即便如此，她还是有些吃力，时常将自己的衣袖弄得很湿。但她很乐意做这个工作，她为自己能融入这都市的生活感到兴奋。有一次我去看她，她显得兴高采烈，跟我讲了很多店里的事情。那时，她每月能从店里领取一两百元钱，她实在没想到自己还可以挣到这么多的钱，而在家里，一年到头可能也挣不到这么多钱。她很知足。这些钱，她一个月往往一分也不花，全部交给我，让我攒到一定的数量，寄给正在读大学的青妹。她与她的青姐，从小就爱吵架，但当她能挣钱时，她第一个想到的就是帮助青姐读书，她自己读书不好，她希望自己聪明的姐姐不再因缺钱而受苦。

三月份，我们的孩子出生了。我打电话告诉小妹，她为小侄子的出生而高兴，但因店里忙，一直未得机会一见。五月份，春暖花开时，我们带着孩子赶到店里，小妹听见我们来，赶忙从后面跑出来看孩子。躺在婴儿车里的宝宝冲小妹笑，她也冲孩子笑。她希望有一天能帮我们看孩子，但现在孩子还太小，她还无法照顾他。我们商议，等孩子稍大一点，七月份的时候，就让小妹回家为我们照看孩子。

因为孩子的出生，时间一下子紧张起来，就很少去店里看小妹了。而她似乎也忙得很，但情绪一直很好。她似乎天生就是来干活的，来受苦的，越多的工作要做，她就越有满足感。六月份我去看她，坐在她宿舍的小床上，问她要不要添些衣物，买些日常用品。她说不用，一切都够用了。她还告诉我，她刚在旁边的小摊上买了一个钱包，很漂亮，花了五元钱。看得出她有些心疼，但又很满足。这大概是她到城里后自己买的第一样东西。她让我把刚发的工资带回去寄给青妹。我跟她说，等到夏天，就让她回去帮我照看孩子。她说她也很想念孩子，很长时间没见到孩子了。

6

1998年7月19日，下午，似乎已临近黄昏，天有些灰蒙蒙的，将阴将雨，有些闷。刚下班回到家，突然接到姐姐一个急促的电话：快来一中心医院，小妹出了事，正在抢救！我心马上凉了，忙问：严重吗？电话那边说：快来，来了再说吧。

我一听，脚下就轻了：出了什么事？能有多么严重？断胳膊断腿，恐怕是最严重的了吧？这么胡思乱想着，叫出租车往医院飞驰，又一边安慰自己：也许没有想象的糟糕，说不定是一些皮外伤，养一养也就好了。

赶到医院的急救中心，便一下子都清楚了——最糟糕的结果出现了，小妹躺在担架车上，一动不动，就像睡着了一样，身上没有一点伤痕。

我一下子扑过去，大叫着：为什么不抢救？为什么！

他们告诉我：已抢救了半天，医生说，不用再抢救了。

我心一下子飞了起来，感觉一切都恍惚起来，眼前一片模糊，我倒在担架车旁……醒来后，摸着小妹的头发，她那粗糙的小手，我似乎觉得她还在呼吸，她只是暂时睡着了……我希望医生再来帮帮忙，救一下小妹，把她从沉睡中叫醒。但他们都说，不可能了……不知过了多久，我推着小妹，穿过那阴暗的地下走廊，往医院的太平间里走。那长长的、长长的走廊，如一个人的一生那么长，那么暗，那么苦……在冷飕飕的太平间里，他们打开一个长长的冒着冷气的铁盒子，将小妹的小身子塞进去……我的小妹，就彻底离我而去了……

7

随后的几天，我一下子整个人垮了下来，一直在流泪，在控诉，在自责，不能原谅任何人，将我的小妹带走了……为什么冰箱漏电还在用？为什么不告诉小妹那冰箱是不能碰的？为什么不能用了还要插上电？为什么不及时抢救？为什么触电一下就将一个生命活活吞没？为什么不早点将小妹带回家里呀？……我一遍遍控诉，但于事无补。那些日子里，我不吃不喝，不能睡觉，甚至不敢闭眼，一闭上眼睛，小妹就会站在我身边，向我笑，向我哭，向我撒娇。我在黑暗里睁着眼睛，在黑暗里默默流泪……我不知道是一股什么样的电流，通过小妹的双臂，流遍她的全身，流向她的心脏，将她带离这个世界……

接下来，是该考虑如何将真相告诉父母了。我托付单位派车将远在家乡的父母和二姨夫接到了城里，因担心二姨身体不好，没有将她一并接来。接他们时，只是告诉他们小妹出了点事，没告诉最终的结果。那时正值世界杯决赛，法国对巴西。我坐在黎明前的出租车里，去单位接父母回家。电唱机里重复着比赛的比分，而我的心思早已飘远……

一下汽车，父亲就问：小影没啥大事吧？

我只是含糊告诉他：等回到家里再说吧。

到了小区楼下，我才止不住告诉父亲：小妹，她，没有了……

“没有了？我的乖乖……”父亲的脚步一下子踉跄了，脸上充满了戚容，眼泪大颗大颗地滴下来。

一家人默默含泪上楼，刚刚坐下，就全哭了。

父亲是其中最悲伤的一个。他很喜欢小妹，喜欢她懂事，顺心，能帮他干很多活。他一边哭，一边讲述：“……大中午的，天那么热……全村的人都回家了……只有小影，那么小，在田里看瓜……我不叫她，她一步都不离开……听话啊……乖乖……”

母亲也哭，但不出声，只是默默流泪。将小妹养大，母亲是最辛苦的。母亲一生，生过三个孩子，却养了五个。小妹之后，还有舅舅家的一个小弟，也是刚出满月就交给了母亲，一直养到上中学。五个孩子都叫母亲“妈妈”，母亲是伟大的，五个孩子，她平等相待，从不打骂，没让一个孩子吃过亏。家里那么穷，母亲身体也不好，但她总算将五个孩子粗糙地养大。没想到，不出几年，就有一个孩子离她而去……对小妹的离去，母亲似早有预感，她说她曾做过一个很不好的梦。她还安慰内疚中的我，说我没有错，是小妹没有那享福的命……

8

出殡的日子，他们将小妹从冰棺里抬出来，给她穿上华丽的丧服，打扮得像个小新娘。我看到小妹的脸上全是水珠，晶莹剔透。他们说，那是冰棺里结的霜。我觉得，那是小妹委屈的眼泪，她委屈了一生，她的一生仿佛都在流泪。而她这一生，又是何其短暂啊。

殡仪馆里，全家围在一起向小妹告别。我看了她最后一眼，我知道，她这一生最舍不得离开的，一定是我。而我这一生最大的负疚，也就是小妹的离去了。但天人之隔，便是永诀，任凭如何也是无法挽回了。我向小妹作最后的忏悔：哥哥此生所做的一切，有负小妹的爱，定是哥哥此生最大的隐痛，此世不可追，且留待来生吧……

那一缕青烟啊……

七天之后，去郊外给小妹烧纸钱，将她小小的骨灰盒取出来，找了一块长满水草的水畔，安置好，刚点燃纸钱，一条纤细的青蛇从我脚下慢慢走过，消失在草丛里。我认定，这是我与小妹在尘世所见的最后一面，那小小的青蛇，恋恋不舍地回头，与我对视，委曲着身体，消失，回到它的世界里……

9

小妹去世后，店里赔了五万元钱，因为亲戚关系，这件事也给他们造成了很大的损失和影响，我们就退回了一万，只留下四万，这就是小妹的命了。此时，钱的多少已不再重要，这些钱于我，只是徒增悲伤。我将这些钱一半寄回家里，一半留作青妹的学费。父母用寄去的钱盖了房子，也算是小妹尽了她的孝心；而青妹读书五载，所费所用，也多半出自这里。

小妹去世后，我们将她的衣物全部化作了灰烬，希望她在另一个世界里不再褴褛；我至今没有小妹的一张照片，只保留了一件她的遗物，就是她自己买的那个钱包，里面是她仅有的五十元钱。这个钱包，被我放进一个纸袋里，精心收藏起来。八年多来，那小小的钱包，就像小妹的影子，我将它放在哪里，小妹就会在哪里出现，这让我八年多来受尽了良心的折磨，无法在暗夜里一个人安睡……

八年来，小妹的离去成为我心头最大的痛。她把我的心伤了，碎了，不再健康。直至伤及肝，伤及胆……她走的两年后，我终于大病一场。

八年来，我一直想坐下来，为小妹写点纪念的文字，但那充溢心扉的情感，无论如何也落不到纸上。几年前，我试着作了一首长诗，但最后总觉得言不及义，最终只留下了两句：

那只雨燕又回来了，它栖落在你哭泣过的梨树旁。

夕光照着它的俏尾巴，它却没有唱，因为它要等着你。

你还能听到我的话吗？你把你的生命托付给了我，你却抽身离去……你在亲情和好意中为我留下的一切都不会死去，我逃往哪里，它们就紧紧跟随。

我终至要说出一些心里话，这么多年来，它们越积越多，几乎将我窒息。在这落叶归根的季节里，我强迫自己坐下来，磕磕绊绊地写，写下了这么多……我终至要卸下这心头的隐痛，无论你离开了多久，你的身影和笑靥都在我的心头永驻。

2006 年 9 月 16 日

2006 年 12 月 30 日改

附："其实你的人生是被设计的"

——朵渔访谈

王士强：朵渔兄，我们今天聊一聊你的诗歌创作。你是1990年到北师大读大学的，这一年正好也是一个转折的年份，80年代的结束，90年代的开始，这时候大学里是怎样的氛围，你是怎么跟诗歌发生联系的？

朵　渔：那个时候的氛围是很奇怪的。你说的"转折"很准确，它跟前面不一样，跟后面也不同。我们去的那个时候可以说是最尴尬、最荒凉的时候。在之前，诗歌在校园的影响力还是很大的，像1985年，出了不少校园诗人，因为它有一个整体的氛围，80年代的那种诗歌氛围，对校园的影响非常大。到1989年，整个气氛一下子就变了。那个变化不只是社会的变化，而是体现在每一个细节上，每一次呼吸中。比如人的脸变了，人们说话的方式变了，比如图书馆的藏书变了，有些书下架了。学校的老师也变了，北师大中文系的很多老师不再出现在讲台上——有的是不让教了，有的是主动噤声了。那个气氛大家都不说，但是能感觉到，很紧张。我刚去的时候，有两个对大学生写作来说影响比较大的诗人，一个是海子，一个是汪国真。这两个人是两极，但这两极同时都在产生很强的影响力。我大一的时候是在老辅仁大学，师大北校，有一次好像有一个什么活动，说要我们去找汪国真，找他搞讲座。他那时好像是在文化艺术出版社还是什么的，就在后海那边有间办公室，他当时正好人不在，出去了，我们去他办公室看了一眼就走了。你就可以想象，当时的诗歌氛围几乎就是从零开始的感觉。海子呢，其实接触太早并没有什么好处，那时他刚开始热，口耳相传的那种热，“哎，你知道海子吗?”秘密的、接头暗号一样，还没有大面积地热起来。校园活动也少多了，诗社招人都招不起来，诗社的社长都不是写诗的，不知是上面安排的还是怎么着。学生组织都比较敏感化，都是“积极分子”来领导。大学一年级，脱离整个校园环境，几个学院的新生在一个老式教会大学里头，几乎没有什么文学活动。我是在老辅仁大学那间昏暗的图书馆里完成诗歌启蒙的，每天抱出一摞台湾诗选之类的在那里读。大二回到校本部，慢慢就接触了一些同道。那时候写诗完全是懵懵懂懂，学步阶段，不理解诗歌是个什么东西，有一种对文字的神秘感，觉得那些分行的文字有一种魔力，但我并不能真正理解，也很难真正把控自己的情感、思想，也很难把控文字。到了大三开始有一些老师给我们授课，比如任洪渊老师，但对诗歌的理解依然很浅显。我记得任老师在讲台上讲卞之琳、冯至、何其芳，那么陶醉，我却一头雾水。那时的“诗友”交往也很少，有一些诗歌活动，都是秘密的、不是公开的。在我记忆里，大学四年，北师大没搞过一场像样的诗歌朗诵会。我真正的诗歌写作是从大学毕业以后开始的，我在大学所接受的教育非常荒凉。

王士强：真正开始诗歌写作是从什么时间？

朵　渔：应该是毕业两年之后了。我毕业之后一个是跟外界没有交往，当时的诗歌氛围也是很淡的，尤其是到了天津之后，根本没有一个诗歌上的朋友，一个人很容易就放弃了。大学毕业之后是在一个杂志社工作，做有为青年，蒸蒸日上。那个杂志社属于有政府背景、可以摊派的那种，利润很高，可以很快帮助我完成原始积累。但是所有的那种行政机关的做派在这里也都会有，既有编辑部作风，也有官府的作风，还有一种说不清的市民作风。在这里头也还是很容易实现那种虚幻的价值感的。我是过了两年才发现不对，我不能这么耗下去。于是就开始写东西，在这种单位里面写东西就属于不务正业了，无论你正业干得如何都属于不务正业，相当于异类。那样写了两三年，后来碰到了些朋友，沈浩波、南人他们。沈浩波大概是大四时跟我联系的，他是北师大95级的，然后就有了这么一个圈子。圈子对于刚开始写诗的人来讲，它会有一个很好的促进。

王士强：那时跟这以前北师大的诗人，比如伊沙、徐江他们有没有联系？

朵　渔：他们毕业之后，其实跟校园也断了联系。他们当时在诗坛也很边缘，很民间化，并没有被主流接受。我知道伊沙还是在长沙的一个小报上——不知从哪儿看到的，上面有他一首诗，知道他是高我几届的校友。跟徐江虽然是在一个城市，但一直没有见过面。跟他第一次见面还是因为沈浩波的关系。有一次沈浩波去天津，说他跟徐江在一起。我在天津火车站跟他们俩见的面，好像是1998年的样子。有这么一个朋友圈子，是我真正写作的开始。诗歌确实很奇怪，它需要一个圈子。

王士强：对，这种现象好像只有诗歌里面有。

朵　渔：写小说好像不需要这个，各写各的。诗歌好像都要有个圈子，大家互相影响，互相激发和促进。这个很奇怪，我没有好好琢磨过这件事。但我确实就这样，开始走上了写诗的道路。

王士强：民刊“下半身”的出现是一个重要的诗歌事件，我甚至觉得如果从诗歌史的角度来看，它的意义可能是能够和《今天》以及《他们》、《非非》相并列的，当然这个观点肯定会引起争议，但我还是坚持我的判断。我觉得“下半身”最大的意义是它代表了一种反宰制的力量，或者说是一种反抗的力量，“下半身”不仅仅是“性”，它其实是“身体”，强调身体的合法性。“下半身”诗歌是在2000年出现的，是不是在这以前一帮人已经开始交流、活动了？

朵　渔：沈浩波当时比较活跃，他还是在校生，联系的人很多，包括颜峻、高晓涛、巫昂、尹丽川等，都是外校的，不是北师大的，搞了一个民刊《朋友们》，我也参加了。《朋友们》出了一期，黑皮的，印出来以后他们跑天津来找我，抱着一摞，黑乎乎的，很兴奋。我请他们吃饭，沈浩波那时吃肉吃得很凶。在这以前沈浩波还办过一个《诗中国》，是跟谭五昌他们一起搞的，那个我没有参与。后来联系了一帮朋友，转过年来，到2000年，开始搞“下半身”。

王士强：“下半身”这个名字还是你想出来的。

朵　渔：就觉得还是要搞点事，那时也年轻。当时“盘峰论争”之后，整个诗坛萌动着一种搞事的冲动，都觉得要搞点事，都很兴奋，搞下来天下就是我们的了，就是那种劲头，现在想想都很有意思。当时是在小西天旁边一个小旅馆，我、沈浩波、李红旗三个人，我先到那儿，然后沈浩波好像在那附近租的房子还是怎么回事，记不清了。李红旗骑个破自行车，穿个拖鞋过来，七月份嘛。我们三个躺在床上聊，搞点事，搞个杂志。三个男人，臭流氓的感觉，肯定是越聊越离谱，什么“大玩家”之类的，我说干脆搞“下半身”得了。我提的时候其实是有点不靠谱的感觉，他们俩觉得好，这个好，然后一拍即合，就这么定了。

王士强：这个我觉得也是一种隐喻，包含有身体观念、身体意识的转变这样的意思。

朵　渔：你说它不是有意识的，但潜意识里肯定有这么个东西。“盘峰论争”之后，觉得诗不应该这么搞，什么修辞啦反讽啦文化啦承担啦语言的炼金术啦之类的，不应该这么写，而是整个人要投入进去，包括身体，包括欲望，包括激情，包括内心黑暗的东西等等。另外一个，当时正在流行的70后女作家也开始提“身体写作”，只不过她们提得有点矫情。我们觉得要搞就搞彻底嘛，干脆就“下半身”。正好那时南人在搞一个网站，叫“北师大诗人网”还是什么的，大概就是一个校友网。我们说再搞大点，就叫“诗江湖”。编《下半身》第一期杂志是在南人的家里，他当时住在北京的郊区，有一个小房子，几个人一起，穷聊，聊困了就睡，醒来接着聊。当时整个场面有点混乱，有睡觉的，有聊天的，乱七八糟。现在想想只有那个年龄才会搞出那样的事情，也只有那种诗歌环境和文化环境才会出现那样一种东西，只有在网络论坛最混乱的时候才会产生那种影响力。我觉得这种东西有偶然性但也有必然性，它是很多的因素结合在一起。如果没有网络论坛，也不可能有那样的影响，如果没有这些年轻的写诗的朋友，大家也不可能统一地去搞这个东西，去强调身体写作。

王士强：这一拨诗人我觉得很整齐，很有才华，也各有特点。

朵　渔：是啊，我的那些朋友真是一个比一个棒，才华横溢。其实就“下半身”作品的质量、诗歌文本本身，很难说。因为每个人是不一样的，大家都在有意识地往“下半身”这个概念上靠，能感觉到这一点，但每个人的风格还是不一样。有些人的写作风格符合这个概念的，可以成就他，有些就不见得。这也可以解释后来大家写作的分化，也是因为离概念越来越远。

王士强：当时“下半身”刊物的传播是怎样的形式？为什么出了第二期以后就停了？

朵　渔：编刊物其实有点狂欢 party 的感觉，几个人在一个破屋子里，喝酒，狂欢，乱七八糟。我记得排版是我排的，封面是李红旗设计的，选稿大家一起选，选的时候还在改，改完再编进去。人选也是临时定的，大家商量，还差谁，马上拉进来，完全是一种乱忽忽闹哄哄的感觉。编完了以后谁来印呢？有办事能力比较强的，像南人出了很多力，刊物就是他印的。印出来之后就开始往外寄。刊物的影响力还不是最主要的，主要还是网络，网络影响力已经有了之后刊物才出来的。2001 年的时候我身体不好就没有参与了，第二期就只是选了一下稿子，没有跑到北京去。“下半身”那个宣言是沈浩波搞的。沈浩波当仁不让，说他来写，写完传给大家看一下，说说哪些地方需要补充之类的。那确实是一个宣言，需要这样一个文本。很多概念其实在“盘峰论争”的时候就提出来过，只不过我们强化了一下。

出了第二期以后，每个人都有自己的生活，还有些变故之类的，我是身体不太好，在家待了两年。到 2003 年，突然就出问题了，说我们这是一个大案要案，当时沈浩波已经跑到了深圳，随时准备出海。我就到北京来了一趟，南人还拿了一个文件，复印的文件，关于什么什么。这些人好像都牵涉到了，但重点抓的是沈浩波。所以他就窜掉了。为什么要抓他？其实原因并不是直接的“下半身”，而是因为他出了一本《心藏大恶》。他瞒着出版社自己加了一些东西，上面要搞他。大家都紧张兮兮的，在一个饭馆里面商量怎么办，说既然没有搞我们，那就先不用那么着急了。当时尹丽川已经通过一个朋友跟上面说，说放过一些人，但沈浩波还是要抓，沈浩波就跑了，跑到东南亚一个岛上。这么一折腾，大家就不能明目张胆地接着来做了。这是2003年，到2004、2005年，大家就慢慢分化了，有些不写诗了，有些拍电影去了，有些做生意去了。这个解体过程既有外在强力的原因，又有自然分化的过程。但是它的影响力还是在慢慢发酵。我记得沈浩波有一次说，“怎么会有这么大的影响，不会吧，怎么会这样?”我们自己都觉得不可思议。

王士强：我2006年的时候写一篇关于“下半身”的论文，跟你联系时，我记得你在邮件里说过谈论“下半身”还有些为时过早，这句话是什么意思，现在谈也同样为时尚早吗?

朵　渔：现在怎么说呢，现在也差不多了，也就是这个意思了。再后来垃圾写作之类的出现，大家觉得“下半身”是很自然的事情，不是什么了不得的事情，对身体的强调完全是一种常识了，那我觉得它的使命就完成了，它就没有任何冲击力，文化上没有张力了，就没有存在的价值了。当它成为常识的时候，就没有强调的必要了。

我反对仅仅从身体本身来谈论“下半身”，我觉得可以从大文化的角度来分析它。这个东西我觉得是一种反抗，身体反抗是最基本的反抗。为什么会有这种反抗，我觉得跟整个社会的压力、控制是有关系的。当你意识到个人自由的时候，身体自由是最基本的，你自己的身体你都不能自由支配，就不会有真正的自由。这是一个自我觉醒的初始阶段。

王士强：其实它一方面是指向禁欲主义的文化，另一方面是指向控制、压制，是指向权力机制、政治无意识的。

朵　渔：像后来出现的批判的诗歌、反抗的诗歌，我觉得这是一脉相承的。自我觉醒必然带来这种反抗，对不对？如果你认为下半身是一种很恶心的东西，我觉得这种文化洁癖恰恰证明你并没有真正地自我觉醒，还把这种东西看作一种很丑恶的东西，其实不是这样的。

王士强：你是2004年辞职的吧，从你的文章里能读到你对集体生活的厌倦与深恶痛绝。

朵　渔：我2003年底离开单位，差不多在一个单位里待了十年。这其中一个是体制的原因，一个是地方文化的问题。越来越不适应，对体制生活和市民文化双重的不适应。还有一个事情，当时是有关方面找到了单位，找到了书记，调查我到底在做什么。我其实什么也没做，不就是写写诗嘛。但是书记当时根本就没提，对我保密。过了很长时间，我就要离开时，才说谁谁谁找过我，要我在外面多注意一点。那我就知道，这是榜上有名了。搞笑的是，还没等我离开，书记就被抓进去了，贪污罪，判了八年。

王士强：辞职以后有什么感受，从精神方面来讲有没有一种解放了、自由了的感觉？

朵　渔：没有，辞职之后肯定是很焦虑的。你想多少年你都是有保障的生活，你干活不干活到时候你的卡里都会有钱进来的，不用愁，那种生活已经习惯了。一旦到每个月十号你的工资卡还是零，你不焦虑吗？哪有什么自由的感觉。一开始完全没有，就是很焦虑，需要考虑离开体制怎么活命啊！但是离开这个单位有一个比较明显的变化，就是我的眼界突然一下子开阔了，我不会只是站在一个单位、只是看到那几十个同事了，我也不再只是一个小集体里的一分子了，那我觉得这个对我的影响太大，我是一个世界人，可以这么说。这也是离开单位两三年之后意识到的，焦虑的过程也持续了两三年。后来也没什么了，饿不死嘛，钱多钱少都可以活命。金钱也并不能体现我们的价值。当我能够用一首诗来兑换一万块钱的时候，我就会觉得很轻松了。或者说，当我充分体验到我写作方面的价值的时候，这种焦虑感就被转换了。这不是一种精神胜利法，而是自我价值感的真正确立。诗人作为一个容易产生虚无感的行当，需要这样一种价值转换来找到平衡。我记得沈浩波也是，一开始做生意牵涉精力很大，他也很焦虑。他写诗很有雄心的，要做最好的，如何如何，做生意一年没写东西，焦虑得人都脱了形了，见面跟我说明年我就退了，明年见面说后年我就退了，到现在退了十年了也没退出来。他做生意也可以体现自己的价值，第一年一百万，第二年二百万，欲罢不能啊。其实都是一样的，看你在哪个价值体系里头活命。

王士强：你不工作以后曾经说要在家里再读一个大学，就是用四年的时间集中读书，当然到现在这个时间肯定比四年要长很多了。我觉得你应该是这一批诗人里面读书最多的。

朵　渔：我是强烈意识到我的整个大学是荒废掉的，读了四年大学，知识结构依然非常不健全。我的自我启蒙是大学毕业之后才完成的，知识结构的建立也是辞职以后才开始的。因为我觉得还来得及，不要等到来不及的时候再去后悔。你如果想做一个好的诗人，还是应该先建立自己的知识结构，不要说诗人不用读书，那都是骗人的。性情、交游、行万里路当然也很重要，但不能蒙昧。我是从中国古典的东西，还有西方的，从古代到现代整个过了一遍，真正对我有影响、有触动的，我再重复去读。读书是一种自我需求，当你有自我需求的时候，读书会变成自然而然的事，就像人饿了要吃东西一样，会自己去找、去补。我觉得某一个领域、某一段历史对我是一片黑暗，我一定要把它擦亮了才行。当然这并不是对每个人都适用，如果有的人一本书不读，他觉得他内心一片光明，他也可能会写出好诗，这确实是有的。但是我觉得我是要做一个综合性的诗人，我不想轻飘飘的，我也不太信任那种东西，那很容易来也很容易消失，灵光一现，这样消失的诗人太多了。

王士强：读书的经历给你的写作带来了什么变化？

朵　渔：知识背景建立起来之后，我的立场就很明确，就觉得我的发言都很有底气，会给我很大的自信。我的写作大概从 2006 年开始有一个转换，跟这个知识结构的变化有关系。完成自我启蒙之后，我的写作转向是很自然的。如果你的知识结构一直没有建立和更新，你就会一直按最初建立的风格写下去，一条道写到黑。所以我说虽然很多人内心一片光明，但他的写作不会转弯，他会一直那样写下去，这样的诗人也不少，一辈子只写一种诗，或一首诗。

王士强：“盘峰论争”的时候诗坛有“民间立场”与“知识分子写作”的对立，我觉得你的写作既是“民间立场”，又是“知识分子写作”，你自己也说自己是一名“民间知识分子”，我觉得这个概念很有意思。

朵　渔：这几个概念有点乱，其实不应该这么来定义，但是“盘峰论争”那时的概念其实是为了划分一拨一拨的人，概念本身并不准确。当时的论争也不是概念的论争，其实是两拨具体的人在争。你说哪个诗人不是知识分子？老于不是知识分子吗？老于比谁都知识分子。

王士强：从另一个角度来说，诗人是严格意义上的知识分子吗？

朵　渔：诗人是一种特殊的知识分子，它不是通常意义上的那种公共知识分子。但我觉得诗人不妨在诗人角色之外去做一个公共知识分子，尤其是在这样一种体制环境下写作，做一个知识分子诗人是一种道德职责。我是有这样的追求的，我相信很多诗人也有这样的追求。我自己的定位就是民间知识分子写作。

王士强：从思想倾向来说，我觉得你应该属于一名自由主义知识分子吧，这一思想的发展脉络是怎样的？

朵　渔：我价值观的形成，具体是什么时候现在很难说得清楚，但是有几个人对我影响很大。我 1998 还是 1999 年看到一篇哈耶克的文章，殷海光翻译的《通往奴役之路》的一个片段，里头有他的一个点评，我看了之后很震惊。后来系统地读了哈耶克的著作。第二个是哈维尔，他写的崔卫平翻译的那本书，让我意识到日常生活里的暴力。第三个就是波普尔，他让我破除了很多观念性的东西，增强常识感，不要迷信概念的东西。这时自由主义已经在我心里头扎根了，有这三个人已经足够了。还有一个人对我影响也很大，尼采，这个不是自由主义的影响，是他那种强意志力的信念，他对艺术形而上学的追求。他讨论人的生命意识、内心潜藏的黑暗的东西，让我意识到我的身体里也有这样的东西。这种影响并不是来自表面的、光明的东西，而是黑暗的东西，这可能是更本质的。有些东西我可能不愿正视，但它的确存在。到现在，那么多人批判“下半身”，说我怎么跟“下半身”搞在一起，我从来不会为我的选择后悔。我觉得你去看看尼采你就知道，一个真正的人，当你敢于正视自己的时候，你会发现你是什么样子。包括后来福柯的理论，其实都是一样的，我写过一篇文章《为疯子辩护》，用意也在这里。这个是对自由主义的一个补充。

还有一个知识谱系，就是知识分子这条线索。比如说苏联的一些作家，阿赫玛托娃、索尔仁尼琴、布罗茨基、茨维塔耶娃，比如萨义德、加缪、萨特，我也阶段性地迷恋过这些人。但是这些人呢，有时候会有一种偏执，解除这种偏执，我就读提倡多元主义的伯林。比如像萨特那种对介入文学的强调，过于狂热往往形成遮蔽，真理不是只有一个面，伯林让我解除了这种偏执，就像尼采让我解除了对于自由主义的过于迷恋一样，都是互相有解药的。

念书就是这样的，当我迷恋一个方面的时候，可能我的偏执已经产生了，这时我就需要另外一种力量把我拔出来。我迷恋尼采很长时间，还写过一本书。后来是罗蒂把我从尼采的深渊里拔出来，我读理查德·罗蒂也读了很长时间。读书会让人迷恋。

王士强：你是山东人，在乡村有过很长的生活经历，我记得你曾经用类似“深渊”这样的词语来形容过去的乡村生活，如果说它带给了你伤害的话，最大的伤害是什么？

朵　渔：这个伤害，它是一个对比的结果。你在乡村出生，然后你到城里去生活，你会发现完全是两个世界。这两个世界是怎么造成的？它并不是自然选择的过程，它是一种制度设计的结果，其实你的人生是被设计的，这时候你会有一种被伤害的感觉。我并不是说乡村生活本身伤害了我，而是这种制度设计伤害了我。为什么大家都是生而为人，你生在那个地方是那种命运，他生在这个地方是这种命运？这种人为的制度设计把我伤害了。你在乡村生活里会发现，农村的冬天总是比城里冷很多，而夏天又太热，怎么会这样？很大程度上是因为公共建设投资差异造成的。另外一个就是，人情感的粗糙，我发现当人只注重吃的时候，他的情感必然很粗糙。他只管把我养大，让我能够活下来，这就是动物性的生存。我前一阵子读赫塔·米勒，她也是从小生活在农村，后来又进城里。米勒就发现，处于贫瘠状态的人们特别习惯于随地吐痰，没有人会觉得恶心。恶心已经不存在了，因为令人恶心的事太多了，人们已经麻木了。还有，人们会毫无顾忌地顺从自己的身体，做身体要求他们做的事情。她发现很多罗马尼亚男人走路时习惯于搔自己的阴囊，这个动作已经成了男人行为举止的组成部分。还有，人们会很自然地将一些用于性交的词汇挂在嘴上，但这些词在官方媒介中是不允许出现的，它们只存在于日常生活里。米勒说她一直妒忌罗马尼亚语的生动性，她说如果她骂人，就一定要用罗马尼亚语，因为用德语骂不出这么花哨的效果。在德语中这些词也都存在，但它们不好使，它们沉重而猥亵。

王士强：现在天津说你是天津诗人，山东说你是山东诗人，你在内心里对于天津和山东怎么认同？

朵　渔：我对这两个都没有很深的认同感。我确实在天津生活，但是我一直很难融入这个城市。这个城市有一种很独特的城市文化，如果你不是在这里出生，学不会这种方言，不能与这里的居民打成一片，就真的很难融进去。而我又离开家那么长时间了，不在那儿住，我也很难说我是山东人。我觉得我就是一个汉语诗人，我以前没有这种归属感，现在有。具体属于什么地方其实并不重要，现在的流动性太大了。所谓地方性诗人，可能只有中国才会有这种情况吧，在美国你有没有听说谁是西海岸诗人，谁是东海岸诗人，谁是加州诗人，好像没有吧？只有中国才会这样，地域文化和户籍制度的双重结果。历史上就有这种地域性的存在，比如边塞诗人、江南诗人，还江左江右的。但过去和现在是不一样的，现在交通多便捷，那时候骑一头驴，仨月都到不了江南，时空感是不一样的。

王士强：关于体制，关于无所不在的控制，你反抗的态度是很明确和坚定的。那么，对于它的变化、它的前景你感到乐观吗？

朵　渔：说实话，做一个汉语诗人还是很幸福的。我有一年在澳门参加一个诗歌节，有一些西方诗人参加，我在台上讲我过海关的感受，为什么我从国家的这个地方到那个地方，还要过海关，这个太奇特了，然后讲我日常的一些感受。他们听了以后很激动，开完会有几个诗人就过来，说我有什么问题他们可以帮我，可以帮我一起战斗。那种福利国家，所有社会问题都解决了，他会觉得没法承受的那种轻。这个枷锁套在汉语诗人的身上，其实是汉语诗人的一种幸福。

王士强：为什么这么讲？

朵　渔：因为你不会轻飘飘的，你会有重力感、有责任感的。这种责任感是一种很自然的人类情感，是人都会有的，不是说你要做个知识分子要怎么怎么样才有，不是的，你稍微有点自我意识，都会有这种重负感。所以很多诗人说诗歌跟政治没关系、跟现实没关系，有没有关系都没关系，跟你有关系么？如果跟你有关系，那只要是你写的东西，它就会有影响。不要说有没有关系，那都是太扯了，脆弱矫情得一塌糊涂。另外我是有意识地在强调这种责任感，我觉得作为一个能够发声的写作者，这是一种基本责任，也是一种写作的伦理。但是这种自我加码因人而异，你可以没有这个，没关系，你也可以是一个很好的诗人。但是你不要去强调这个跟现实、跟政治没关系，我觉得这就有点太虚了，有点心虚了。很多诗人很有意思，自我辩护到很滑稽的地步，把自己搞得很符号化。

王士强：你的自审、自我反思、自我批判意识是非常强的，你有一篇文章叫“羞耻的诗学”，大意是说羞耻感构成了你写作的一种动力，这种羞耻感具体给你的诗歌带来了什么？

朵　渔：其实羞耻感本来就是中国传统士人自我修养的一部分，礼义廉耻，耻是本来就该有的。我这个羞耻感是从中国传统里来的。西方人的耻感、罪感是从宗教里来的，我们的耻感是道统、学统里本来就有的东西。现在都在强调传统和现代应怎么接轨，其实用得着接轨吗？只要人心是统一的，我们自然还在那个轨上，想脱轨都难。这个耻感，它在我写作的时候是一种反作用力，我在批判的时候，也会有一个朝向内心的力，两种力在平衡，让我不至于过分偏执和黑暗。因为过于介入现实的诗歌，它也是会让你走火入魔的，人会偏离内心的，你会觉得自己在干一件高尚的事情、天底下最伟大的事情，会脱离常识。如果有一种朝向内心的力也在拽着我，就不会脱离中道太远，会找到一种平衡感。这种耻感就是对向外的批判的一种平衡。我在批判其他的时候，我会看看自己的内心是不是很丑恶，很黑暗，就是这样子。

王士强：《诗歌现场》是从2006年开始出的吧，你主编的这份民刊应该是最近几年出版的整体质量最高的诗歌刊物之一了，其中诗歌作品的质量很高，而文章的质量也很高，好读，也耐读，应该说这是一本有清晰的立场的刊物，这一点非常难得。

朵　渔：到现在《诗歌现场》出了七期，第八期没做出来。你说的“立场”，这也是我编这么多刊物唯一认同的一个关键词。这个刊物我的确是强化了诗歌的立场问题。你说它推出了几首好诗、几篇好文章，那都不重要，因为本身现在诗歌传播的主渠道并不在这里，主要还是我强化了一种写作立场，这可能是它唯一的价值所在。后来我把它延缓了，一个是经济上有问题，要去筹钱，然后又不足以给作者提供稿费，让我很不好意思。一位成熟诗人，一年可能就写二三十首、一二十首诗，登他那么多东西，又不能给他稿费，说不过去。现在很多民刊都有稿费，有的还很高，我没有这个能力，觉得很羞愧。另外一个是现在民刊太多了，有没有必要花这么大的力气继续做，我很犹疑。我把它延缓了，有必要的时候再接着做，或者有新的想法，或者需要强化另外一个关键词的时候我会继续做。

王士强：你写诗到现在差不多快二十年了，如果要分阶段的话，你会怎么划分？

朵　渔：分阶段的话，我可能这么分，我第一本诗集所收录的，是从 1998 年到 2008 年，这是一个阶段。1998 年是我真正写诗的开始，2008 年我终于知道写诗是什么东西。在此之前，我刚才讲过，大学里的那种写作，只是对文字、对诗歌有一种魔力般的神秘感，但并不确切理解诗歌到底是什么东西。2008 年到现在，我有了一些更深入的思考，一个诗人应该承担什么，应该为世界留下什么，应该怎么来完成自己的一生。这种自觉性可能更强了。

我觉得我的第一个十年可能是一个懵懂的时期，第二个十年是学徒的时期，我把宝押在第三个十年。所以这也是我离开单位的一个因素，我觉得人的一生可能只能做好一件事情，在我的身体、精力最好的时候，应该做我自己最愿意做的事情。

我现在也快步入中年了，觉得“中年写作”真是一个关口。从青春写作到成熟写作是第一个关口，有的人永远跨不过这个关口，写到七老八十还是那个调子，不入门。从成熟写作到有价值感的写作，是第二个关口，也就是中年写作的关口，挺过这个阶段还是可观的，还是能够继续下去。如果挺不过去就完了，随便写写，顶着年轻时候的名头混混，这个太多了。

汉语现代诗歌这么短的历史，在文体上还不足以支撑起来，而西方有一个很久远的传统，莎士比亚的作品到现在都可以支撑英语诗人，他们的焦虑感会淡一点，因为文体本身是成熟的。第二他们有他们的信仰体系，幻灭感会轻一些，中文现代诗歌的幻灭感更强烈一些。回望我自己的写作，会有一种很自然的焦虑感。它到底是建立在什么基础上的呢？它到底是个什么东西啊？时常会有一种幻灭感。这时候就需要有一个强大的支撑，让你能够在这个门槛上挺住，比如重建你的知识谱系、信仰体系，包括你的人生规划，随时补充或更新你的话语系统，这样你才能坚持下去，否则的话很可能就幻灭了。写作是个什么东西啊，不就是玩玩嘛，很多写作者一到中年，不就是这样吗，好像是看开了，其实是放弃了。这种现象也很正常。挺住！关键问题是怎么挺住，空喊是没用的，真是挺不住啊。不就是会写几句诗吗，能挣几个钱？你想想，外在的压力和诱惑太强大了，而内心的幻灭感也同样强大，内外交攻在摧毁你，在这个意义上，我同意“挺住意味着一切”。

（王士强　访谈整理）

故乡就是我们再也回不去的地方（代后记）

返身回视那道深渊……

读帕慕克的《伊斯坦布尔》，被他的“呼愁”感动。“呼愁”，土耳其语“忧伤”的意思。这汉语翻译得真好，比忧伤更加忧伤，且多了一层历史的悠长感。在帕慕克眼里，这种呼愁“不是某个孤独之人的忧伤，而是数百万人共有的阴暗情绪”。准确地说，这是整座废墟之都的忧伤，覆盖在整个斜阳帝国一切残留之物上的忧伤。当帕慕克穿行在那破败、灰暗、没落而又处处遗留着古老帝国残砖断瓦的街头巷尾，他慨叹道：“我出生的城市在它两千年的历史中从不曾如此贫穷、破败、孤立。它对我而言一直是个废墟之城，充满帝国斜阳的忧伤。我一生不是对抗这种忧伤，就是（跟每个伊斯坦布尔人一样）让它成为自己的忧伤。”在帕慕克的笔下，整个帝国的残留物汇入他个人的生命里，渗入他的血液和生命，成为他个人的命运。

一切庞然大物的轰然倒塌，都会留下一堆使人忧伤不已的历史废墟，让人凭吊、感叹。克里米亚战争瓦解了伟大的奥斯曼帝国，使帕慕克的伊斯坦布尔成为单调、灰暗的“呼愁”之城。“泥泞的公园、荒凉的空地、电线杆以及贴在广场和水泥怪物墙上的广告牌，这座城市就像我的灵魂，很快地成为一个空洞，非常空洞的地方。”相对于帕慕克那座伟大的城，我的“呼愁”则来自于一个带着集体主义余温的贫瘠的村庄。离开家乡二十多年了，我对家乡的很多记忆已渐渐模糊，但每次忆及，都忧伤不已。

我出生在 70 年代初期，和很多同龄人的记忆不同，我最初的记忆就是：吃。我记得我吃过榆树皮、地瓜干、槐花、榆钱、茅根、桑葚、癞葡萄、玉米秆、高粱秸、炸蝉蛹、烤蚂蚱、烧麻雀……冬天是最艰难的岁月，因为土地封冻了，连田鼠也不再出来活动，需要靠一堆地瓜干、萝卜和白菜挨过去。春天一到，土地复活，一些可以充饥的东西渐渐从土里长了出来。我们脱掉棉裤，钻进麦田里，找吃的。夏天上树，瓜果梨枣；秋天要奢侈一些，偷生产队的玉米、黄豆，生一堆火，烤着吃；我记得还有一条人工河，河水清澈，水草茂密，我们跑去捉鱼，摸虾……这种状况一直持续到 80 年代初期。

我记得，那时候生产队最大的产业是一座牛棚，黄牛、马、骡子和拉磨的驴。那时候，公社的拖拉机站已经废弃，巨大的锈红的铁疙瘩被扔在黄叶枯草间；一座被鸟巢占据的烟囱早已不冒烟，围墙倒塌，废料遍地，那是乡村唯一的工厂……那时候，最爱闻的是汽油味，穿绿衣的邮递员，骑着一个小电驴……最爱玩的是火和水，冬天玩火，夏天玩水。那时候，家里唯一的工业品是一个汽水瓶子，唯一的玩具是一只黑狗，我把它训练成了全村最凶猛的狗……

这几乎是一种无法选择的命运，成为我身后的一道深渊。如今一切都已远去，但不是变得更好了，而是更糟。新的“呼愁”出现了——河流变黑了，鸟巢变少了，烟囱一座座竖起，田地一片片圈起，残垣断壁中，住着老人和孩子……帕慕克尚有“如丝巾般闪烁微光的博斯普鲁斯”可以守望，而我们却成为失去传统的人，失去乡村的人，依然处在自己长长的“呼愁”里，走不出。

我是如何滚出故乡的

我时常设想：假如我没有考上大学，那么我现在在干什么？哦，这一设想实在太残酷了。如果没考上大学，我大概也不可能走出那片村庄，不可能读书、写作，不可能完成自我的启蒙和自救；我也许会走出村庄，进入都市，像大部分打工者一样，处在挣扎的境地，从一道深渊跌入另一道深渊……事实上高考对于我一直是一个噩梦，直到几年前，我还时常被这噩梦惊醒。梦的内容几乎是一致的：坐在大学的教室里，突然被宣布没考上，然后是头脑一片空白……为什么对高考如此“刻骨铭心”？实在是因为在专制制度的安排下，我们改变自己命运的途径太少了，而“高考”作为唯一的“窄门”，唯一通往生命上升之途，被我们寄寓了太多的厚望。作为社会最底层的一员，在教育资源严重分配不公的情况下，要想闯过那道命运的窄门，将是怎样的幸运，其中又夹杂着多少的不幸！

我接受的是中国乡村最普通的学校教育，而且还成了不幸中的幸运儿。我不仅闯过了高考的窄门，并且由此改变了生命的轨迹。而我的大部分儿时的伙伴则没有这么幸运，他们被一道道门所阻拦，绝大部分倒在小学毕业线上，一小部分熬到了中学，如此一层层筛选，我成了唯一的“漏网之鱼”。如今，大部分“光荣”的毕业生们仍处在社会的底层，或外出打工，或在家务农，重复着他们父辈的命运。

当我从村中那所小学校开始，经过层层肉搏，滚出故乡后，就很少回乡下了。最近每次回去，都觉得惭愧不已、悲哀不已。像我这样中举般滚出乡村的，实在算是祖坟上冒了青烟，幸运之极。其他的同龄人，也大多走出了乡村，但他们是另一种轨迹：打工。打工者，大多是一个人出去，而家依然在乡村，根依然在乡村。往往是过年时回来一趟，播下颗种子，再出去谋生路。那种子生根、发芽，而父母已不在身边。现在的乡村，几乎就是儿童和老人的世界。每次看到那些光腚游戏的孩子、那些弯腰驼背的白发老人，心中就会有隐痛。谁来教育这些孩子？谁来传承乡村文明？面对1914—1918战后一代的德国人，本雅明曾慨叹，那些在壁炉前为子孙们讲故事的人彻底消失了，“哪儿还有正经能讲故事的人？哪儿还有临终者可信的话，那种像戒指一样代代相传的话？”

本雅明痛感一代人经验的贫乏，并称之为一种“新的无教养”。如本雅明所说的那“在壁炉前讲故事的絮叨者”，如今又在哪里？是那些留守乡村的祖父祖母们吗？他们终日劳碌、奔波与蒙昧，又如何充当一个“讲故事者”？于是，我们这里的“新的无教养”出现了，新的“经验的贫乏”出现了。“我们变得贫乏了。人类遗产被我们一件件交了出去，常常只以百分之一的价值押在当铺，只为了换取‘现实’这一小块铜板”。

为了一小块铜板，那些乡村的打工者甚至抵押上了自己的后代——这唯一的改变命运的窄门也被迫关闭了。而作为从乡村出去的知识分子，我的责任与承担又在哪里呢？我甚至很少回到乡下！在空虚的乡村，我成了一个新的“抽取者”，只有抽取，没有回报。

从乡村到城市的路有多远

在前两年召开的“两会”上，有政协委员表示“不鼓励农村孩子读书”，理由是现在读大学费用太高，农村孩子出来读书往往会使整个家庭返贫；再加上没有家庭背景和人脉资源，因此很难找到工作；即便勉强留在了城里，还要面临买房难、结婚难，“人生中有这么多难，不是悲剧是什么？”

该委员这番建立在“出身论”基础上的糊涂建言，也并非全无道理。事实上，一个人的出身对人一生的影响是巨大的。《史记·高祖本纪》说刘邦其母“尝息大泽之陂。梦与神遇……已而有身，遂产高祖”。而项羽就差远了，“少时，学书不成，却学剑，又不成”，看来本非“真命天子”。这当然都是“祛魅”前的春秋笔法，仅供一哂。近读杨联升先生解读《侈靡论》，讲到一个“倒吃甘蔗”的故事。故事引自《世说新语》“排调”篇：“顾长康啖甘蔗，先食尾。问所以，云：‘渐至佳境。’”顾长康即东晋名画家顾恺之。说当顾恺之吃甘蔗的时候，通常由尾部向中间嚼起，最后“渐入佳境”。杨先生将其解读为一个用来贬斥奢侈与浮华的心理方面的个人事件，“提高一个人的生活水准是很容易的，而降低则甚痛苦，所谓由俭入奢易，由奢入俭难”。我倒联想到一个人的出身问题。大凡出身贫寒，童年时衣食匮乏者，长大后吃好东西时常会战战兢兢，倍加珍惜。吃苹果先从青的一面吃起，吃饭把肉留在碗底最后享用。此是经验之谈。本人出身贫寒，兄弟又多，常觉食物匮乏，每得美食，猫狗护食一般，衔至一边，由苦至甘，慢慢享用。此等上不得台面的独食方式，至今犹保留着，常遭人嘲笑。我只能以“出身论”搪塞，找不到更好的理由。

不承认“出身”对一个人的巨大影响，也是不客观的。出身代表一个人的成长背景，尤其是在我们这个城乡二元结构的国家，出身的影响更加明显。出身农家，很多机会、资源、背景均与城里人相差霄壤，一个农村孩子首先想的是如何变作一个“城里人”，这是第一步。再往前，成家、生子、供房子，每一步都不轻松。而在这个新“城里人”的背后，还有一大堆乡下穷亲戚需要照顾。巴尔扎克说三百年才能造就一个贵族，在我们这里，要成为一个真正的“城里人”，三百年太久，但也绝非一朝一夕。

关于这本书里的这些文字

这里所集的这些文字，大多与童年和故乡有关。有几篇曾收在北邮版随笔集《原乡的诗神》里，这里拆借几篇，以使本书稍显完整。文字拉杂，风格不一，有些甚至写于二十年前，大概也是我最早的习作了，幼稚不堪自然难免。如今重新扫作一堆，敝帚自珍之，实在是觉得还有一点天真在，还有一点时光的印记在。这些文字不尽是纪实与回忆，有不少篇什是当年学习小说的练笔之作，真实与虚构穿插其间。在此稍作说明，心中仍不免惶惶然。

2013 年 9 月